剑声花影

民国武侠小说典藏文库·陆士谔卷

陆士谔◎著

中国文史出版社

海上奇才陆士谔(代序)

　　二十世纪初到四十年代，上海滩出现了一位奇才，他精通医道，医德高尚，曾被誉为上海十大名医之一；他著作等身，医学专著四十余种，各类小说一百余种，是当时享有盛誉的名作家。这位奇才就是陆士谔。

　　陆士谔，名守先，字云翔，号士谔，用过多个笔名：沁梅子、儒林医隐、珠溪渔隐、梦天天梦生、云间龙、云间天赘生、路滨生、龙公等。晚清光绪四年（1878年）生于江苏青浦珠街阁镇（今上海市青浦区朱家角镇）一个书香家庭。九岁起，跟随青浦名医唐纯斋学医，前后共五年。十四岁到上海一家当铺做学徒，不久辞退回家，在朱家角一边行医一边大量阅读医书和各种"闲书"。二十岁再到上海行医，因业务清淡，遂改业租书，购置一大批读者欢迎的小说，日间以低价出租，晚上潜心研读这些小说，不但能维持生计，而且渐渐悟出写作诀窍，先写些短篇，试着投稿报馆，竟获一再刊登。他写兴更浓，由短篇而中篇，由中篇而长篇，有些还印成单行本，风行一时。此时他认识了小说界前辈海上漱石生孙玉声，孙玉声知道他做过医生，对医道有研究，劝他重开诊所。他听从劝告，此后坚持一边行医，写医学专著和有关掌故，一边撰写小说，直到1944年因中风不治在上海

1

家中逝世，享年六十六岁。

陆士谔一生整理、编注、创作医著和医文四十余种，对清代名医薛生白（1681—1770）、叶天士（1666—1745）的医案钻研极深，编注过《薛生白医案》《叶天士医案》《叶天士手集秘方》等重要著作，自著十余种，最重要的是《医学南针》初、二集，其业师唐纯斋为之作序，赞他"以预防为主医学，极深研几，每发前人所未发"，"以新说释古义，语透而理确"。他以所学理论行医，悉心诊治，常能妙手回春。1925 年，一位广东富商请其出诊，为奄奄一息、众名医束手的妻子治病，经过半个月的诊治，病人霍然而愈。富商感激涕零，登报鸣谢一个月，陆士谔的医名由此大振。在沪行医期间，陆士谔以其精湛的医术、高尚的医德，被誉为上海十大名医之一。

陆士谔以医为业，业余还创作了百余种小说。为陆士谔研究付出过艰辛努力的田若虹教授给予高度评价："陆士谔的小说全面地反映了晚清民国时代的社会面貌、重大事件，笔触遍及政治、外交、文化、经济、军事等各个方面，展现了封建末世的一幅真实画图。""他以强烈的愤怒抒发了对社会官场魑魅魍魉的谴责与鞭笞，以感情充沛的笔锋表现了对反帝爱国志士的赞扬与尊敬，用热情洋溢的话语描述了其理想中的新中国。这一切憎爱分明的情感，铭记着时代的苦难痕迹，闪耀着陆士谔在十九世纪末、二十世纪初那个特定的历史阶段与时代同脉搏、与人民共呼吸的真挚情感。同时也热切地表达了其欲挣脱'衰世'腐败黑暗的社会及卑污风气，挣脱束缚、压抑之环境，追求美好自由新境界的愿望。他对现实的愤怒与对未来的追求融汇交织其中，感情激烈而奔放，语言辛辣而犀利，文风格调亦具有时代精神的特征。在封建制度大崩溃之前夕，陆士谔等近代小说家们的那些充满激情的篇章、声情沉烈的创作颇具现实意义。"①

陆士谔的小说不仅数量多，而且题材极为广泛，田若虹教授将其分为社会小说（52 种）、武侠小说（22 种）、历史小说（10 种）、医界小说（3 种）、笔记小说（18 种）、科幻小说（2 种）和纪实小说（即时事小品 110 则），共七类。正因为认识到陆士谔小说的社会价值，1988 年起，先后有十余家出版社重印了一般读者较难看到的陆士谔小说，如《新孽海花》《血泪黄花》《十尾龟》《荒唐世界》《社会官场秘密史》《最近上海秘密史》《商场现形记》《新水浒》《新三国》《新野叟曝言》《清史演义》《清代君臣演义》《清朝秘史》《八大剑侠传》《血滴子》等十余种，其中最著名的是《新上海》《新中国》和《八大剑侠传》《血滴子》。

撰于 1909 年的《新上海》深刻揭露了清末上海十里洋场种种光怪陆离的"嫖、赌、骗"丑恶现象，竭力描写，淋漓尽致。1997 年，上海古籍出版社将其与李伯元的《官场现形记》、吴趼人的《二十年目睹之怪现状》等一起列入"十大古典社会谴责小说"。1910 年，又撰《新中国》，小说以第一人称写作，以梦为载体，作者化身陆云翔，描述梦中所见：上海的租界早已收回，建成了浦江大铁桥、越江隧道和地铁……2009 年 12 月，为配合宣传 2010 年上海办世界博览会，有出版机构重印了这部小说，国内外媒体也纷纷报道，极大地提高了陆士谔的知名度。

陆士谔还以清初社会现实为背景，从 1914 年到 1929 年，十六年中写出二十余种武侠小说：《英雄得路》、《顾珏》（以上为文言短篇，分别载于《十日新》杂志和《申报·自由谈》）；《八

---

① 见田若虹：《陆士谔小说考论》，上海三联书店 2005 年 7 月初版。

大剑侠传》（原名《八大剑仙》）、《血滴子》（又名《清室暗杀团血滴子》）、《七剑八侠》、《七剑三奇》、《小剑侠》、《新剑侠》（以上后合编为《南派剑侠全书》），《红侠》、《黑侠》、《白侠》、《三剑客》（以上后合编为《北派剑侠全书》），《雍正游侠传》、《今古义侠奇观》、《江湖剑侠》、《八剑十六侠》、《剑声花影》（原名《侠女恩仇记》）、《飞行剑侠》、《古今百侠英雄传》、《新三国义侠》、《雍正剑侠奇案》、《新梁山英雄传》、《续小剑侠》（以上为白话长篇，多由上海时还书局出版）。

这些小说中的人物，出场最多的是康熙、雍正时的八大剑侠，即路民瞻、曹仁父、周浔、吕元、白泰官、吕四娘、甘凤池和了因和尚（俗家名吴天巍），他们是南明延平王郑成功部下，明亡后，存反清复明大志，在各地行侠仗义，扶危济困，名震天下。书中由正面转为反面的人物是年羹尧和云中燕（"血滴子"暗器发明者），起初也行侠惩恶，后来却创办血滴子暗杀团，帮胤禛夺得皇位，最后被雍正卸磨杀驴，下场悲惨。陆士谔笔下这两组人物故事当时吸引了无数读者，不仅小说一再重印（《八大剑侠传》《血滴子》竟印到21版），而且被改编成京剧连台本戏和电影《血滴子》，红极一时。受其影响，在陆士谔原著的基础上，稍后出道的民国武侠北派五大家之一的王度庐，1948年写出《新血滴子》（又名《雍正和年羹尧》）。至1950年代，香港武侠名家梁羽生发表《江湖三女侠》，吕四娘、白泰官、甘凤池和了因的形象更为生动；台湾武侠名家成铁吾更写出350万字的巨著《年羹尧新传》，使原本笔法相对平实质朴的故事奏出了华彩乐章。

最后值得一提的是陆士谔1915年3月19日发表于《申报·自由谈》的文言笔记小说《冯婉贞》，记载了1860年英法联军火烧圆明园时，北京民女冯婉贞率领数十年轻村民痛击联军，杀死近百名敌军，成为近代民族英雄的杰出代表。此文 1916 年被徐珂略作修改后收入《清稗类钞》，二十世纪六十年代又被收入中学范文读本。

2014 年起，中国文史出版社陆续推出了"民国武侠小说典藏文库"和"民国通俗小说典藏文库"两大系列丛书，先后整理、重印了还珠楼主、白羽、郑证因、朱贞木、平江不肖生、徐春羽、望素楼主、赵焕亭、顾明道、李涵秋、刘云若、张恨水、冯玉奇、程瞻庐等作家的全部或大部分小说，深受读者欢迎，并获研究者的好评，此番又将重印陆士谔的大部分武侠小说，从《八大剑侠传》到《飞行剑侠》，共 15 种，真是功德无量！望文史社编辑诸君再接再厉，将建修两大文库的宏伟工程进行到底，使这份珍贵的文学遗产永久传存于世间！

林　雨

2018 年 12 月于上海

目　录

剑声花影

剑声花影

第一回

闻警　读檄

网影垂帘江树空，晴川隐映落霞红。

谁知千古兴亡事，尽在渔歌欸乃中。

　　按下新诗，远提旧话。却说前清道咸之间，洪杨军兴，遍地旌旗，连天烽火，杀人如草，积骨为山。两军所到，无论歌台舞榭、曲舍重楼，霎时变成瓦砾。狡童秀女，才子佳人，遭乱冤死的，累百盈千。戎马仓皇，谁有暇顾恤他呢？不意桂阳地方，竟有一个死里逃生、祸中得福的弱女子，在这当儿干出一桩惊天动地、震古烁今的大事业。亦儿女亦英雄，亦风流亦雄艳。到现在，星移物换，境过情迁，经过桂阳彼处，父老指点遗址，谈说当时事实，却还眉飞色舞呢。

　　桂阳韩氏，相传是昌黎后裔，诗书世泽，孝悌家声，传家清白，所业不过是耕读两事。道光时候，有一个老贡生，名叫舜卿的，生有两子一女。两个儿子都已进了学，娶了媳妇，在近处处着优馆，所得束脩也都归奉菽水。一个女儿闺名宝英，芳龄才只十四，冰雪聪明，蕙兰心性，秋水为神玉为骨，芙蓉如面柳如腰，性情模样都是没批评。舜卿夫妇疼爱得如金如玉，如宝如

3

珍。姆教庭训，兼施并进，三岁时光，授她唐人诗句，朗朗上口。七岁已解吟咏，乡里都称她作女神童。翰墨生涯，常试换鹅之笔，诗书缘分，未开射雀之屏。舜卿夫妇欢喜得什么相似。

道光二十八年，天象示异，蚩尤旗现于东方，其光如月。舜卿忧形于色，宝英时方十二岁，牵衣问故。舜卿道："蚩尤旗出现，天下怕不太平呢。古诗上说的，蚩尤旗在东方出，天下兵戈五十年。"宝英听了，半信半疑。

过了一年，宝英已经十三岁了，果然讹言四起，警信频传。东也乱，西也乱，一到六月，忽又传说三点会起事，声势很是不小。宝英此时不识三点会为何物，私意测度，总不过是反寇别名。因问她老子道："反寇扰乱的地方，难道没有官府的么？不然，怎会扰得这么厉害？"

舜卿道："此乃天意，官府济得甚事？"

宝英道："人定胜天，天意不能挽回么？"

舜卿笑道："你一个小小女子，竟有这么的见识？难得难得。"

过了几日，舜卿有一朋友新从省里回来，带着一篇新抄的什么文字，给舜卿看。舜卿见了，愈益愁闷。宝英问故，舜卿道："三点会洪秀全志很不小，去年蚩尤旗的异兆，怕要应了。"遂把那篇文字递给宝英，宝英双注秋水，振起珠喉，呖呖莺声，逐字逐句念将起来：

> 为实情劝谕，弃暗投明，共出迷途，各保祝禄事。
> 夫天下者，中国之天下，非满洲之天下也；宝位者，中国之宝位，非满洲之宝位也；子女玉帛，中国之子女玉

帛，非满洲之子女玉帛也。

瞧到这里，芳心脉脉，似有所疑，问道："爹爹，吉林黑龙江不就叫满洲么？那也是中国地方，怎么檄文上偏这么说？好似中国是中国，满洲是满洲，两个国家似的。女儿真有点不明白了。"

舜卿道："你没有瞧过明史，无怪你不明白了。满洲是本朝发祥地，跟中国原是两邦。本朝太宗皇帝，四寇明边，明朝为了防边，筹兵筹饷，加税加粮，弄得库空如洗，民不聊生。十三家七十二支，遂摇旗呐喊，反将起来。李闯打破北京，逼倒崇帝，明臣吴三桂到本朝借兵报仇，乘这当儿，本朝遂奄有天下。天与人归，二百多年，一径度着太平岁月。"

宝英道："这么说来，此番三点会起事，倒很名正言顺呢。"

舜卿道："什么叫作正？什么叫作顺？成王败寇，只要他们成功就好了。"

宝英听了，慧心很不为然。遂又把那檄文一气念完。见上面所说的无非用夏变夷、吊民伐罪的话头，便笑向舜卿道："瞧这班人志向，定然要大弄的了。"

舜卿皱眉道："此间是湘桂通衢，怕终不得太平呢。"

宝英道："怕什么？他们既要争夺天下，定然先要买服民心。掳掠谅总不会的。"

舜卿笑道："痴丫头，你懂了事就好了。兵乱时光，谁还能顾谁？"

父女两个人谈论一会儿，也就丢过。

时光迅速，一笔春风，半囊诗料，草梦初成，桃符甫换。转瞬之间，早已是咸丰元年了。这一年谣言蜂起，讹说朋兴。

传来警信，恍惚迷离，几如神龙掉尾，不可捉摸。有的说太平军弁发易服，伐罪救民，真不愧王者之师。有的说叛逆乱民，到处骚扰，恶贯终有满期。又有人说这一班人穿的都是神袍戏衣，纱帽红袍，金盔银甲，煞是好看，里头有一位军师，身披八卦衣，手摇白羽扇，宛如《空城计》里头的诸葛亮。听说满肚子神机妙算，上知天文，下知地理，真是了不得。官军撞着了他，可真没得便宜。又有人说朝廷已派钦差，督师挞伐，转瞬整旅而来，幺麼小丑，不足当大兵一扫。传说纷纷，莫衷一是。宝英两个哥哥回家，称说朝廷已命赛中堂为钦差大臣，到本省来办理防堵事宜，这里看来是不要紧的了。家人听了，心始略放。

又一日，忽传州尊办差，就有大队官兵过境，都到广西剿匪去的。此时舜卿跟两个儿子得着此信，绕室彷徨，莫知所措。独有宝英亦痴亦慧，不问不闻，依旧绿窗问月，绣阁吟诗。有时妙腕轻挥，体摹卫娘之格；有时灵心独运，谱翻沈约之书。舜卿向他夫人道："究竟孩子家心地宽闲，自会消愁解闷。"

又一日，有一远客来访。此客是舜卿同学好友，向在全州充当幕友的。一见面就道："全州大变，兄知道么？"

舜卿愕问："什么事？"

那客人道："全州已经沦陷，长毛在那里竖旗招兵，官兵连遭败仗。长毛呼官兵作妖，开仗就叫作斩妖。现在满城百姓都蓄发做长毛。"

舜卿问城里情形如何，那人道："百姓还好，只苦了做官的人。"

舜卿道："贵居停呢？"

那人道："已经殉了难。我还是城子未破时逃出来的，这些

6

消息也不过得自传闻罢了。"

舜卿道："吾兄眼光，这里还不要紧么？"

那人道："依我看来，也不过是危巢燕幕。"

那人谈了一会儿，也就辞去。从此舜卿家里又添起一重愁闷。

欲知后事，且听下回。

第二回

遭难　遇救

却说舜卿自这远客来访之后，阖家子平添起一重愁闷，你望着我，我望着你，想不出一个免祸的法子。过不到两日，忽见城中人家纷纷迁避，邻舍中也有逃向四乡去的。

宝英问老子道："人家搬家，咱们不搬么？"

舜卿道："搬哪里去？咱们又没有乡下亲戚。"

宝英母亲就问："不要紧么？"

舜卿道："兵荒水旱，都是天灾劫数。天数里的，逃也逃不去，不在劫数里的，不逃也不要紧。"

这时光，阖城人心惶惶不定，你打听我，我打听你，求神问卜，拆字扶乩，忙到个不得了。却有一个公心，不论男女老少，都望官军大胜，长毛别来。皇天不负苦心人，果然盼到了一个喜信，传来战报，据称大队长毛闯入湖南地界，被江忠源太守在蓑衣渡的地方，设计杀败，焚毁长毛船数千，炮毙伪王冯云山。得着此信，人心顿时大定，于是舜卿家人都佩舜卿有识，并笑搬家的人多事了。

不意风花雪月，变幻无常，今日霁月光风，明日乌天黑地。就这夜里，宝英陪侍着父母，在小阁里头挑灯闲坐，忽听邻舍人

8

家称说贼来了，接着人声嘈杂，喊杀连天。舜卿大惊，忙命大儿子出去探访。大儿子才跨出门，又报东南角火起，红光映射，从窗棂上瞧去，宛如夏日飞霞、初秋夕照。一阵阵风来，哭声、喊声、哀求声、劫夺声、杀戮声、梁柱爆裂声，闹成一片。众人听了，毛发悚然。舜卿吓得目定口呆，宝英站在当地，瞧瞧这个，瞧瞧那个，往来踟蹰，不知所为。

韩太太道："大儿子还没有来，谁再去瞧瞧。"

二儿子应着才待走时，只见宝英叫道："大哥回来了。"

舜卿瞧时，果然大儿子急急地奔进来，两颊通红，双目直视，额上汗珠滴滴，口中热气腾腾。瞧他样子，受惊果然不小。

韩太太问："外面怎样了？"

大儿子张口结舌，喘息了好一会儿，才挣出一句道："土匪劫掠全城，州尊已经不知下落。"

舜卿忙问："还逃得出么？"

大儿子道："东南角上火焰冲霄，西北两街正在劫掠。"

说着时，叫嚣奔突之声，愈传愈近。忽听西邻哭声大起，舜卿搔首踟蹰，向众人道："奈何？奈何？"

一句话没有说毕，击门之声已经砰訇杂作，舜卿道："贼人来了，你们快快躲避，你们快快躲避。"说毕，直迎出去，宝英想要阻拦，已经不及。

遂听外面轰天陷地似的一声怪响，大声过去，仿佛十多个莽汉蜂拥而入，呼喝叫嚣之声，鼎沸般闹成一阵。此时宝英的两个哥哥也迎了出去。宝英的母亲连催宝英躲避，宝英才待要走，听得外面一声惨叫，接着噼噼啪啪一阵怪响，那惨叫仿佛就是老子声气。忽一人道："要钱没有，要命还有两条。恶贼，我们都不要活了。"却是二哥哥声音。

9

又听众贼道："你要死也容易。"噼噼啪啪又是一阵怪响。一贼道："别打了，眼见得没有气息了。"脚声杂沓，八九个贼子又拥进来。

宝英心慌，向后拼命奔逃。天无绝人之路，逃出后门，恰好是座荒园。满地蓬蒿，都有三五尺长短，正好藏身避难。钻入里面，缩作一团，一任外面天翻地覆，哪里敢出头探问。

直到声音渐静，才敢探出头来。不瞧则已，一瞧时直吓得魄散魂销。哪里有什么屋宇？哪里有什么市廛？愁云漠漠，惨雾凄凄，一片都是瓦砾场。不过残垣破井旁，还有一二伤而未死的人，在那里呻吟呼痛。轻风拂鬓，寒月照人，对此情景，倍觉魂销肠断。宝英痛定思痛，不禁放声大哭。荒凉世界经她这哭，愈觉天愁地惨，月暗星昏。

宝英正在悲痛，背后忽然窸窣有声，停悲回顾，见一黑影儿一晃，禁不住哎哟一声，浑身的毛发直竖起来。那鬼怪竟直扑向前，举起前爪，把宝英牢牢执住。宝英吓得魂不附体，瑟瑟发抖一个不住。

那鬼怪开口道："咱们，走吧。"

一听声音，才知不是鬼怪，心胆顿时壮起来，遂骂："剧贼！你要我哪里去？"

那人道："好娃娃，别骂人。跟我玩耍去。跟了我去，包你享福，包你快活。快走快走。"

宝英道："你的家在哪里？你姓甚名谁？你们同党共有几多人？这里的事可都是你干的？说明了我才肯跟你。"

那人道："我叫倪七，就在前面山中居住。我们一帮共有五百多人，趁着官兵已走，长毛未来，干一回慈善勾当。这里一带生意，都是我们做的。好娃娃，你可走了？"

宝英听罢，故意装出很欢喜的样子，向那贼道："原来你也是个乱世英雄，请放了手，我很愿意随你去。"

　　倪七当是真话，松了手催道："走吧，走吧。"

　　宝英俯下娇躯，拾起一块小石子，看准那贼脑袋狠命掷将去。倪七命不该绝，偏偏打中了肩膀，哎呀一声，几乎跌倒。倪七大怒，抢步过来，鹞鹰抓小鸡似的，只一把早把宝英擒住，狞笑道："咱老子这会子可不上你当了。"

　　宝英死命挣扎，究竟雪肤花貌弱女子，不敌铁马金戈莽英雄，被他挟了就走。可怜风尘坎坷，道路崎岖。紧蹙蛾眉，哪计峰回路转；蓬松蝉鬓，难禁苦雨酸风。正在危急，旌旗招展，戎马喧腾，一彪人马雷轰电掣似的赶到。宝英一见，挺直脖子，拼命地喊救命。宝英的声音原似三春雏燕、九啭黄鹂，很脆很脆的。这会子感受了非常惨苦，变了格调，竟似华亭鹤唳、巫峡猿啼，说不尽的哀怨，描不尽的凄怆。任你铁石肝肠，雪冰心肺，一闻着也要心惊肉跳，魄动魂摇。那统兵主帅顿时停骖驻马，传下将令，立派两员骑将飞马探看。霎时回报，前面有一强徒，挟着一个女孩子。那主帅不待说完，就喝问："救下没有？"

　　骑将回道："救下了。"

　　主帅道："强徒可曾拿住？"

　　骑将回说没有，主帅道："女孩子呢？带来我看。"

　　骑将应着，一时引上一个十三四岁的女孩子，跪倒马前，大有愁不胜病、弱不胜衣的态度。娇啼婉转，不胜感激涕零。主帅命她抬起头，宝英答应一声，徐徐举首，虽然凄凉蝉鬓，憔悴桃腮，活色生香，究竟掩抑不住。左右将校，乍识春风之面，群惊秋水之波。主帅见宝英年龄虽然幼小，态度很是安详，暗暗纳罕，遂问言询问："你这小女子姓甚名谁？何方人氏？为甚遭强徒劫掠？"

左右将校齐声接喝道："王爷问你话，听见了没有？快快回上来。"声似雷霆，势奔山岳。

主帅横目喝道："本王问话，谁要你们插口？"

众将校弯腰应诺，顿时肃静无哗。宝英至此，始婉转陈辞，诉说家难。幽怨如哀猿啼月，凄凉如孤雁鸣秋。感得那虎跃龙骧的主帅不禁也洒下几滴英雄泪来。宝英稽首马前，恳请那主帅发兵剿寇，为民除害。

主帅道："天朝义兵，吊民伐罪，剿除土寇，原是咱们分内事情。"

原来这位主帅不是别人，就是太平天国的开国大元勋，官居都督，爵封翼王，姓石名达开。这石达开是金田起义六王之一，六王是东王杨秀清、西王萧朝贵、南王冯云山、北王韦昌辉、翼王石达开和那天德王洪大全，都是洪天王的股肱心腹，太平军的玉柱金梁。翼王当时奉了天王诏旨，统率人马，窥取长沙。路经桂阳，无意中救了这韩宝英。

当下翼王立颁将令，派遣两员裨将，率骑兵二千，驶往山中搜捕土寇。两裨将接了将令，点齐兵马，风驰雨骤而去。

翼王笑向宝英道："本王奉旨窥取长沙，为了你这件事，说不得只好暂驻几天了。"说毕，振旅入城，就把州署作为行邸，特命扫出一间精舍，安置下韩宝英。

次日清晨，两裨将奏凯回营，径投州署缴令。翼王立即升帐，询问情形。两裨将回道："某等奉命入山，左近山中所有土寇及形迹可疑之人，经我军四面兜拿，悉数搜捕。现都捆解在外，听候王爷发落。"

翼王回头命请韩姑娘，一时请到，翼王道："土寇都已捕获，谁是仇人，你自去认来。"遂向左右道："好好引她出去认看，认明了速来回我。"

将校引宝英自去。一时认毕，宝英上来，含泪叩谢。翼王传命备办衣衾棺木，遂向宝英道："你那父母兄嫂的尸体，日子不多，谅还可以辨认。本王现在预备替你收殓，并准你把仇人灵前活祭了，然后行刑。"

宝英此时的感激，直感激到个彻骨彻心，扑翻娇躯，拜了又拜。翼王便命两员将校，跟随宝英帮助一切。一时辨认舒徐，成殓定当，宝英浑身孝白，哀痛迫切，哭拜如礼。寻出一名土寇权充了祭筵荤菜，临了儿一刀两段。奠血烧纸，了却他残生性命，回复翼王。

翼王道："救人救彻，本王索性一手办完结了吧。"遂命四员裨将督领步卒千人，挑泥畚土，筑造坟冢。人多手杂，何消半日工夫，早已完竣。翼王下令明日清晨出发，宝英匍匐进见，陈辞婉转，愿侍巾栉，仰答洪恩。辞意十分诚恳。

翼王笑道："承你一番美意，但是咱们戎马中人，临阵忘身。此身生死犹且置于度外，这是一层；再者，我是全军统帅，兵以义动，如果自己犯了军律，何以号令部曲？"说罢，举起虎目，瞧那宝英时，低头默默，怯态羞容，很是可怜。

翼王心很不忍，温语道："本王与你一场聚首，想也是前世夙缘。现在我有一个两全之策在此，我就认你做义女，随我在营，异日替你选择佳婿吧。"

宝英叩头谢恩，遂认翼王为义父。阖营将校得着此信，都来叩贺翼王，参谒郡主。从此营中文武，都称宝英作郡主。使君自有妇，小姑本无郎。做我掌珠，莞尔白璧，一个颠连困苦的难女，顿时翠羽明珰，做了亲王爱女，也可算得千载一时的奇

13

遇了。

翼王见郡主兰质娉婷，蕙心敏妙，跟她谈论文艺，神超象外，趣得环中，说不尽的清妙，不觉相见恨晚起来。遂命郡主在营管理方案事务。

次晨大军出发，一鼓就下了郴州。杀牛宰马，大犒将士。翼王很是得意，向郡主道："古人用兵，有先声夺人、传檄而定的举动。现在我军连打胜仗，如果作一篇好一点子的檄文，传布开去，也要省掉许多兵力呢。"

郡主乘机将顺，翼王大悦，遂命郡主磨墨，翼王执笔在手，略一思索，挥毫落纸，嗖嗖地写起来。郡主双波斜注，只见他写的是：

太平天国前部都督复汉将军翼王石，谨奉天王万岁洪意，以大义布告天下。

暗忖，咱们父王精忠贯日，一篇檄文也必称述君德，颂扬皇仁，其他举动更不必论了。遂又瞧下去，只见他续道：

盖闻归仁就义，千古有必顺之人心；返本还原，百年无不回之国运。自昔皇汉不幸，胡虏纷张，本夜郎自大之心，东方入寇，窃天子乃文之号，南面称尊。阳借靖乱之名，阴售并吞之计。蛮夷大长，既窃帝号以自娱；种族相仇，复杀民生以示武。扬州十日，飞毒雨而漫天；嘉定三屠，匝腥风于遍地。两王入粤，三将封藩，屠万姓于沟壑之中，屈贰臣于宫阙之下。若宋度啼嘘于南浙，故秦泥不封于西函。呜呼，明祚从此亡矣，

14

吾民宁不哀乎？递其守成之世，筹其永保之方，牢笼汉人，荣以官爵，伈伣之辈，雍乾以还，入仕途而锐气消，颂恩泽而仇心泯。雁于万劫，经又百年，然试问张广泗何以见诛，柴大纪何以被杀？非我族类，视为仇雠，稍开嫌隙之端，即招死亡之祸。若夫狱兴文字，以严刑屠杀儒林；法重捐抽，借虚衔网罗商贾。关税营私以奉上，漕粮变本以欺民。斯为甚矣，尚忍言哉？

写至此，见他掷下笔，自语道："这一段叙明清朝罪案，下面自应接叙起义缘由了。倒很难着笔呢。"

遂把上面的文自己诵读一遍，笑问郡主道："尔父自亲戎马，此调久已不弹。你瞧瞧还可以么？"

郡主笑道："父王鸿文，女儿早已诵熟，不必瞧了。"

翼王不信，郡主随口背诵，从"太平天国"句起，至"尚忍言哉"句止，一字不错。翼王喜道："不意吾儿聪明如是。"

郡主笑道："儿亦不过徒读父书耳。"

翼王道："你续一段下去如何？"

郡主含笑应允，轻舒皓腕，低下头就写。但见她运笔如飞，转瞬间一篇文字早已续成完璧，递与翼王。

欲知翼王瞧了有何话说，且阅下回。

第三回

祝寿　觇王

话说翼王接到手，朗声念道：

洪王奉汉威灵，悯民水火。睹狼枭之满地，作牛马于他人，用是崛起草茅，纵横粤桂。早卧薪以尝胆，爰破釜以沉舟。忍令上国衣冠，沦于夷狄，相率中原豪杰，还我河山。

拍案道："好句！好句！怎么被你想出来的？"遂又念道：

自起义金田，树威桂郡，山岳为之动摇，风云为之丕变。英雄电逝，若晨风之梯北林；士庶星归，甚涓流之赴东海。一举而乌兰泰死，再举而赛尚阿奔。因知雨露无私，不生异类；自令天人合应，共拯同胞。今广西已定，士气方扬，军兵则铁骑千群，将校则旌旗五色。特奋长驱，分征不顺。中临而长江可断，北望而幽云自卷。凡尔官吏，爰及军民，受天命者是斯人，当思归汉；识时务者为俊杰，胡可违天？所有归

16

顺之良民，即是轩辕之肖子，如其死命助胡，甘心拒汉，天兵一到，玉石俱焚。本王号令严明，赏罚不苟，若或扰乱市廛，破坏纲纪，轻置鞭笞之典，重贻斧钺之诛。各自深思，毋贻后悔。如律令。

翼王瞧毕，赞不绝口，遂道："天朝龙兴西粤，风虎云龙，人才极盛，然而女子中像吾儿这么锦心绣口，从不曾有过。我得吾儿不仅为吾家光，且足为吾朝瑞矣。"

从此怜爱逾常，翼王每逢盛怒，苟得郡主一言，立即消释。翼王天才横纵，举措非常，营中将吏鲜足当意，呼叱让责，不稍假借。郡主婉言进谏，保全甚众。众人都很感激，把郡主视作瑶池圣母、南海慈尊。

太平天国这时光上下一心，内外一德，君卧寝室之薪，臣鼓中流之楫。师行如雨，欲洗燕北之沙；嘘气为春，势融阴山之雪。洪天王万乘长驱，六师新统，聚马援殿前之米，朗若列眉，推张华局上之枰，示如指掌，因此旗开得胜，马到成功。没有几时，陷岳州，渡洞庭，克汉阳，破武昌，乘胜东下，九江、安庆、江宁那些坚城要地，一碰着太平军马，宛如风卷残云，何异雪经烈日？一瞬间都得了。于是定金陵做京城，大兴土木，建筑各项宫殿，起义各弟兄，赐邸列第，共享富贵。

石翼王是兴朝良佐，开国元勋，自然同居京中，部下兵马却驻扎在孝陵卫一带。郡主因为办理文牍，留驻营中。每日清晨，总带领了女将校，骑了银鬃马，进城到府，请翼王翼妃安，乘便请求一切机宜。翼妃见郡主明慧婉淑，倒也十分欢喜。

此时国家新创，各勋臣眷属互相来往，宛如亲戚故旧。这日是东王华诞，先两日，东王府发了请帖来，恭请翼王阖第光临。

里面也有请帖，是东王妃萧氏具名的。翼王便问翼妃："后天东府做寿，你高兴去不去？"

翼妃道："东府跟这里，一径很要好，如何好不去？我还想带宝儿去呢。只是宝儿脾气很古怪，我说了怕她不愿意，还是王爷说一声吧。"

翼王笑道："你要她去，何必定要我说？"

翼妃道："咱们有着这么好女儿，不带出去，人家也不会知道呀。"

翼王笑道："原来是要矜奇眩异。"

一句话没有说完，人回郡主进来了。门帘启处，佩玉玲珑，衣裳摇曳，郡主早含笑进门，向翼王夫妇行礼。

翼王道："你妈正惦着你，你恰来了。"

郡主双波注着翼妃，欲言不语。翼王接语道："后天东邸寿辰，你妈想带你去逛一天呢。"

郡主道："妈妈带我去，原是很好的事情，只可惜礼节上头，我很不明白呢。"

翼妃道："这个不要紧，我自会教你。你今儿别出城了，我叫裁缝替你赶做衣服呢，怕快好了。倘然送了来试穿穿，或长或阔，叫他改也容易。"

翼王笑道："你妈也会替你做衣服，大大破费。要知她这一回也是老大的虔心，你就依了她吧。"郡主自然应允。

到了这日，翼王带领从人乘马先去。辰牌时候，郡主打扮定当，进房来请安。翼妃恰也舒齐。郡主道："妈妈，瞧我这衣服配身不配身？"

翼妃向她端详了一会儿，只见她彩绣辉煌，翠珠耀炫，愈显得柳眉巧样，新月初三，梨颊娇姿，春风第一。翼妃欢喜，连声称赞。忽见侍婢跪地请道："二门上小厮叫请娘娘示下，今儿郡主出门，乘的是什么轿子？"

翼妃道："不用，郡主就跟我坐一个轿吧。"侍婢应着，自出去吩咐了。

郡主道："妈挟着我坐，不累赘么？"

翼妃道："你身子通只有多大，就累赘死我了？"

郡主含波一笑，翼妃起身道："咱们走吧，时光不早了。"

侍婢听得，飞步出外传命。娘儿两个携手出房，那班仆妇丫头伺候出门惯了，早都把翼妃、郡主应用东西取在手中，前呼后拥，簇拥到外面。才转过屏风，府中小厮家将人等，早雁翅似的垂手侍立。遂见八名小厮，一色的打扮，红绫短袄，黄绸抹额，抬上一乘黄绫暖轿来。翼妃手携郡主，就厅上登了轿，仆妇丫头扶着轿，缓缓行走。一到大堂，十来乘小轿都在那里等候，众仆妇丫头也上了轿，小厮家将直到辕门口，方才飞身上马。前导的前导，后随的后随，一簇轿马，直向东府进发。

霎时行到，只见辕门口轿马拥挤，拜寿之人往来络绎，纷然如市。藩王府派有护防队，身穿号衣，手执藤鞭，在辕门左近逡巡，护卫来宾去客。翼府家将下马投帖，遂见东府家丁到轿子前叩头请轿，引着翼妃轿子，径进大门来。

郡主从纱窗中瞧了一瞧，其排场之阔绰，举止之繁华，自与别处不同。大门外扎着五色彩牌楼，连勅造东王府的竖额都遮住了。入了大门，一个大彩棚，约有一箭远近，箫鼓喧天，绮罗成队，非常热闹。轿子进了二门，便歇下了，换了东府女役，抬上肩，向西转弯，经过穿堂，至一垂花门前落下。翼府众仆妇丫头，自二门下轿，步行跟随，前后护拥至此，忙着打轿帘搀扶。翼妃同郡主下了轿，东府萧妃早率一群盛装丽服的姬妾丫头迎出门来，含笑相见。

迎到里头，却是所大院落，五间大正房中珠围翠绕，粉腻脂香，都是些王公诰命、将相夫人。正中堂屋，一般也挂着寿轴，烧着寿烛，这是专备女眷们拜寿而设的。翼妃且不与众人相见，向内先拜了寿，然后一一问好，互话寒温。此时萧妃执着郡主的手，问长问短，很是亲热。

忽报西王妃长公主到，萧妃忙着出去。一会子迎入，却只一个人。原来西王萧朝贵之妃，就是天王胞妹，所以称她作长公主。

长公主一跨进门，各王妃、各公侯夫人都站了起来，长公主点头微笑，嘴里虽然招呼着，星眸斜转，却专注在郡主身上。笑问萧妃道："这是谁家的姑娘？生得这么俊俏。"

萧妃道："是翼府郡主呀，长公主没有见过么？"

长公主道："翼王有这么一位郡主，今儿才知道呢。"

走近两步，携着手仔细端详了一会儿，笑顾众人道："好个齐全的孩子，翼妃娘娘真好福气。"翼妃听了好不欢喜。

当下东府萧妃、西府长公主、北府吉妃以及六部丞相、各公侯各天将夫人、诰命人等，都有贽仪表意。或金或珠，或翠或玉，种类不一。

一时寿筵开处，锣鼓喧天，笙箫迭奏。众女客依次入座。台上跳过加官，开唱正戏。喝酒听戏，正听得入神，忽见一个媳妇飞步奔入，向萧妃道："咱们王爷跟北王拌嘴呢。"

萧妃惊问缘故，那媳妇道："听家将报说，众丞相众天将都捧觞上寿，称颂咱们王爷功德。北王爷有了几分酒意，斥骂众人，说方今天下未定，做臣子的自应各自勉励，不宜互相阿谀。咱们王爷很不自在，就说北王不应在本邸使酒骂座，得罪宾客。

北王不服，就此拌起嘴来。"

萧妃忙差丫头探视，霎时报说北王已经被人劝出府去了。一语未了，人回北府派轿子来接吉妃。吉妃听说，起身告辞，萧妃不便坚留，率领姬妾，送到垂花门而止。这里众人依旧喝酒听戏，至晚方散。

翼王回家，就向翼妃道："东北两王，嫌隙已深，将来总要闹出事来。"

翼妃道："王爷同在一朝，何不替他们和解和解？想当初六王同受天恩，现在西南天德，都已为国捐躯，王爷与东北两王仅存硕果，荣则俱荣，辱则俱辱，更何要自生意见？"

翼王道："那也再瞧罢了。"

郡主这夜依旧住在翼王府。次日，翼王早朝回家，一进房就笑向郡主道："我的儿，你的造化可真不小，天王要召见你呢。"

翼妃就问："天王如何会知道她？"

翼王道："大约长公主证说的呢。天王今儿问，你不是有一个干女儿么？听说人品很是齐正，朕倒要见见她。我只得据实回奏，天王把我狠狠夸奖了一番，临走又道：'叫王嫂带了来见朕。勿忘勿忘。'"

翼妃搂住郡主道："我的儿，今晚早点子睡，明儿五鼓就要入朝的。"遂又教导她朝觐天王许多礼节，郡主一一默识于胸。

翼王笑问郡主道："朝觐天王，你心下可也喜欢么？"

郡主道："上托父王洪福，得瞻当代圣人，又得目睹天宫景象，私心不胜欣悦。"

这夜四鼓，母女两人已经起身梳洗，妆饰定当，瞧表时晨光还早，侍婢端上早点，翼妃、郡主点过饥，传谕看轿。侍婢们张灯侍候，徐步出堂，登了轿抬出府门，鸡声报晓，已经黎明时候了。

行了一程，忽见一缕红光远现天际，近舍远村朗然可辨，不比先时晨光熹微了。转了两个弯，宫墙已经在望，通红一色，蜿蜒如龙。宫树森森，殿角隐隐，墙顶上覆的青黄色筒瓦，映着晨曦，彩光四射，绚烂得图画里似的。霎时行到一座很大的玉石牌坊，龙蟠凤舞，雕镂异常精美。上书"日月重光"四个大字，两边一副对联，乃是：

虎贲三千，直扫幽燕之地。
龙飞九五，重开尧舜之天。

转过牌坊，才见三座宫门，相去约有百步光景，宫门都涵在宫墙里头。当中的很大，左右两座略小点子。宫门上竖额是"乾德门"三个大字，又有一副对联，大书道：

独手擎天，重整大明新气象。
丹心报国，扫除外族陋衣冠。

中门严闭，只开着左右两门。禁卫军执戟侍立，气象很为严肃。轿子到了左门歇下，早有内监出传天王恩命，奉圣旨，翼妃、郡主着乘坐暖舆入宫。遂走上四名内监，抬起轿子，径入宫门。乃是一所很大的院子，平铺白石，约有三十丈见方。院中花台极多，满植着松柏桐椿玉堂富贵之属。轿行迅速，不暇细瞧。更进了一重门，两边便是朝房，衣冠跄跄，想都是些王侯将相，在那里待漏听宣。

行过朝房，轿子便住了，内监引翼妃、郡主入了第三重宫门。一条大甬道，两边杰阁飞楼，上面九楹大殿，四通八达，壮丽轩昂，比了王公府第，迥然自别。步上丹墀，进入殿屋，抬头迎面一个赤金九龙青地大匾，匾上斗样四个字，是"皇建有极"。两旁柱上一副抱对，道是：

先主本仁慈，恨兹污吏贪官，断送六七王统绪。
藐躬实惭德，望尔谋臣战将，重新十八省江山。

外面柱上也有抱对，其辞道：

维皇大德曰生，用夏变夷，待驱欧美非澳四洲人，
归我版图一乃统。
于文止戈为武，拨乱反正，尽没蓝白红黄八旗籍，
列诸藩服万斯年。

穿过皇极殿，跟着内监，入一间精舍里。举眼瞧时，此屋玲珑小巧，只四丈来宽广，台椅几炕，都是紫檀的，上铺蓝缎绣花垫褥。壁上悬着时辰钟，窗内高着彩珠帘。瞧视未了，只见内监道："郡主同王妃请在这儿暂行休息，等候天王恩命吧。"

娘儿两个坐下，候了大半天，才见两个宫女走入宣旨道："天王有谕，翼妃、郡主在东宫陛见。"

先前两个太监就跪下答道："嗻，嗻。"

翼妃、郡主遂站起身，跟着宫女太监，从复道中行走，经过多少崇楼杰阁，抄过多少玉宇琳宫，才到一所大殿。青松拂檐，玉兰绕砌，金辉兽面，彩焕螭头，殿廊下满挂着明角灯，灯上罩有红络，垂着红缨，红缨之末，都系有各种宝玉。栋梁椽角，雕

镂出各种花样，精美绝伦。殿之左右翼，有两座配殿，华丽精致，与正殿一般无二，不过样子略为小巧罢了。

宫女悄语道："到了。"

娘儿两个听到这两个字，顿时发出敬肃的念头来，跟随入内。只见宫女太监雁翅般排列着，上面金龙椅中端坐着一位命世英君、开基圣主洪天王。天威咫尺，不敢正视。翼妃率领郡主跪地通名，嵩呼万岁。

郡主的娇声，洪天王还是头回聆赏，只觉她幽韵如微风振箫，清脆如黄莺初啭，不禁为之动容，遂命她抬起头来。郡主遵旨抬头，神采焕发，气宇清华，眼如秋水凝波，色似朝霞映雪。喜得天王脱口道："侄女这么端庄美丽，岂仅翼邸掌珠，真是天朝国瑞。"遂温言询问，郡主有问必答，天王很是欢喜。忽见两太监跪奏软舆已久，天王站起身道："朕将视朝去，王嫂可带领侄女到王后那里去逛逛。"说时，只见八名内监，抬上黄缎软轿，天王上了轿，十六名太监，八名前导，八名后随，簇拥而去。

郡主才用心打量，见天王宝座上，铺的是黄鹅绒，殿柱上悬有抱对，其辞道：

> 马上得之，马上治之，造亿万年太平天国于弓刀锋镝之间，斯诚健者。
> 东面而征，南面而征，救廿一省无罪良民于水火倒悬之会，是曰仁人。

郡主正瞧时，只听翼妃唤道："我的儿，咱们朝王后去吧。"欲知后事，且阅下文。

第四回

校士　猎虎

话说翼妃率领郡主觐见王后，王后执住郡主柔荑玉手，问这样，问那样，和蔼得很。笑向翼妃道："天王要天考女科，正愁没有一个人可派做总裁，现在可得了。"

郡主听了，不便回奏，唯有低头弄带而已。当下恩眷隆崇，就在中宫领宴。陛辞回邸，已经暮霭横空，余霞散彩了。

这一年，天王下诏，举行乡试。开国元勋、兴朝佐命钦派入闱的很是不少，翼王也派在里头。这日，翼王领旨回邸，就向翼妃商议，要携带郡主入闱，帮助阅卷。

翼妃道："这事总要跟她商量的。"

翼王转询郡主，郡主道："棘闱关防，何等严重？儿是女孩子呢。"

翼王道："天国男女并重，不然，你也不能助理军书了。"

郡主应允。翼王入朝谢恩，就陈明携带郡主入闱的事，天王听了，竟自允准。

次日，父女两人乘轿入闱，正考官韦北王已经到了多时了，点名毕，封过门。文题诗题都是天王钦命的，文题是平定江南文，下注"仿制艺体"四小字，诗题是"欸乃一声山水绿"，题纸发了下去，隔了一日半，并没有卷子交上来。正副考官传命催荐，催了三五遍，才交进了十来本来，揭开看时，都是不能要的，退了下去，饬令把好的再荐上来。

此时正考官韦北王诗兴勃发，忽然作出六韵诗来，其辞道：

> 橹声听未了，山水送孤帆。
> 对面青如画，回头绿满岩。
> 闪空余袅袅，一带认巉巉。
> 舵尾波流迥，峰腰旭照衔。
> 青疑留古岸，翠欲上征衫。
> 流响惊凫雁，浓荫郁桧杉。

直到黄昏时光，荐卷渐多，正副考官悉心校阅，不合的掷掉，合意的留着。忽见郡主手执一卷，笑盈盈地走来，向正副考官道："这一卷可以压众么？"

北王接在手中，翼王就北王手里瞧时，只见那起讲道：

> 东晋司马之兴也，南宋康王之渡也，长江数千里，莫不恃为恢复汉业之基，岂以江南之人，独具忠义哉？盖其后由江南而扩张平寇之功勋，必其先由江南而手定王都之巩固。石头无恙也，铁瓮犹存耶？试一观江上之风云，觉东洛冠裳，西京钟鼓，不啻天与之而人归之已。

不禁击节叹赏，再瞧他起股时，乃是：

铜驼荆棘，吾民之苦深矣。自唐虞三代，迄今四千余年，中原文物之邦，竟一息奄奄，如病夫之不起。尧舜禹汤文武，神灵之痛哭何如？问何时杀尽妖魔，上答天恩之高厚？

泥马风波，吾君之厄至矣。自唐桂二藩，迁徙一万余里，故国衣冠之族，竟荒郊累累，为异种所称雄。燕赵韩魏齐晋，禾黍之凄凉奚似？问何日扫除腥臭，重开一统之河山？

北王道："笔气雄壮得很，很可以魁多士。"

翼王道："笔意奔放，势若长江大河，一泻千里，真是不可多得之作。"

于是从头到尾看了个完，一气呵成，没一懈笔。遂在卷后打了四个小圈儿，留在案上，再阅别卷。此时荐的卷愈多，各人分头校阅，瞧着好的，互相传观，定了几本魁卷。

转瞬三天，头场考毕，接着就是二场。二场是旧约经义三篇，也是三日。三场是一论一解一策，缴卷早的，加判一条。三场考毕，拆封填榜。第一名解元，却是江南苏州籍，姓褚名维星。北、翼两王入朝复命，天王大大慰劳，又赏了郡主许多珍饰，领赏回邸。

过了几日，翼王忽向郡主叹道："你我入闱，才只一个月，不料国家局势变得这么快。林凤祥、李开芳统帅北征，所过城邑势如破竹，现在前锋已抵天津，奈何！奈何！"

郡主道："父王忧虑，不就为东府么？"

翼王道："我儿真聪明，一猜就被你猜到了。林、李二人都是东邸心腹，现在东邸骄盈之气溢于眉宇，国家祸患怕就不远呢。"

郡主道："光是东邸一个也总不要紧。"

翼王道："今儿上朝，瞧见东邸奏事都不跪，哪里像是人臣？满朝方形无不愤愤，偏北邸性气刚烈，当着大众斥辱他。东邸不服气，两个在朝上几乎扭打起来，经众人劝开。北邸退朝出来，还向我道：'杨贼不除，国终不安。咱们身为大臣，自宜休戚与共。诸君不动手，我可不能再耐了。'瞧他意思，倒很跃跃欲试呢。"

正说着，家将仓皇入报，城西兵变。翼王道："了不得。"立派石福、石禄、石富、石贵四名家将，飞马往探。霎时，石福、石贵回邸报称，不是兵变，北府王爷围攻东邸，两府兵将正开仗呢。

翼王顿足道："果然闹出了乱子，国家从此多事了。"遂命备马。郡主一见，就问哪里去，翼王道："去解救两家争斗。"

郡主道："不请天王旨意，怕没见有济呢。"

翼王道："亏你提醒了我。我先去叩宫门，见天王。"

才待起行，石禄、石富也回来了。翼王站住身，问："外面怎么样了？"

石禄道："北府王爷奉的是天王诏旨，手下兵将奋勇得很，东府快攻破了。"

石富道："各城门都已关闭，店铺也都罢了市。街上往来都是北府兵将。"

郡主听说，阻止翼王道："父王别去吧，事情已经闹大，劝也未见济事。"

翼王不听，尚欲叩宫请旨。两名家将踉跄奔入，报说东府已破，北将四面纵火，东府王爷、王妃、王子以及阖府男女七百多口，都被烧成了乌炭。

翼王皱眉道："东府有罪，他的家属有什么罪？北邸真荒谬，真粗莽。我马上去见天王，请旨惩办他。"

郡主道："北邸骤杀东邸，声势定然大张。父王奏请，未见就有效验。北邸知道咱们参他，定要和咱们不依。这么一来，咱们两府倒又生了嫌隙了，很不是同舟共济的好局象。"

翼王道："起义诸英，所存者只我与东、北两邸，北邸这么蛮横，我不请旨惩治，谁敢请旨惩治？"

人回马已备好，翼王叫牵进来，据鞍上马，扬鞭而去。

候到傍晚，不见回来，翼妃、郡主放心不下，派遣家人到王宫探听。有两个时辰，忽见石福等三四名家将喘吁吁跑进仪门，报道："咱们王爷参北王没有参成，倒被北王知道了，要跟咱们王爷过不去。现在北王也入朝了。"

翼妃、郡主心神愈益不定，忽报王爷回来了，遂见翼王怒气冲冲地进来，跨进门就道："韦昌辉真不是东西，他竟声言要杀我呢！我这会子等候他来杀，看他用什么手来杀？"

郡主见翼王发怒，不便劝谏。门上入报李天将求见王爷，说有要事面回。翼王道："他有手本没有？"

门上的呈上手本，是"第十九天将地官副丞相李秀成"一行细字，沉吟道："李秀成跟我没甚交情，深夜来见，有甚事故？"

郡主见翼王沉吟不语，遂问甚事。翼王说明缘由，郡主道："既然说有要事，传见为是。"

翼王道："依你，见了他再说。"

遂整衣冠而出，约有顿饭时光，匆匆奔入，向家人道："韦贼点调兵将，要围攻我府第。可惜本府兵马都在城外，我的儿快随我出城调兵去。"

郡主应着，父女二人据鞍上马，扬鞭疾驰，如飞出城而去。父女二人还没有到营，韦府兵马已经摇旗呐喊而至，前门后户，围得铁桶相似。一声令下，千头狼虎咆哮而入，逢人杀人，见物毁物，庄严华丽的翼王府，霎时间扰成了白茫茫一片大白地。

警报到营，翼王放声大哭，下令大小三军立刻入城，诛奸杀贼。郡主扣马而谏，力言不可。翼王道："我有何辜，遭此惨祸?!"

郡主道："现在大业未就，大敌未除，咱们自己倒先相残杀，万一敌人乘乱，国覆家亡，遭祸之惨，尚不止此。愿父王三思。"

翼王道："难道就此罢手不成?"

郡主道："儿为父计，莫如修本奏主，听候天王发落。韦氏如此横暴，天王心里也很不为然。"

翼王愤道："天王圣明了，韦氏也不会这么无法无天了。丈夫贵自立，我又何必倚仗他人呢?"

郡主是何等聪明的人，听到这几句口风，早已心领神悟，遂道："父王的话原是不错，但是较量强弱胜负，判断曲直是非，现在的时候似乎还早。咱们现在就是不甘受人节制，似也不必别树一帜。好在有众百万，到处可以横行。等到攻破北京，俘获清帝，而后功成圆满，天与人归，那时节父王就是要推让，天下的人也不容你推让了。父王听女儿这一番话，说得错了没有?"

翼王道："你的话十分有理，我且听你，权时便宜他们。"遂颁将令："本王部下，前后左右中五路人马，骑步各将，水陆各军，速赴安徽会集，听候调派。"

此令一颁，雄兵百万，猛将十千，顿时如水下流，如川入海，四面八方地赶来，齐向安徽进发。翼王统率中营一军，二十

30

精兵健将，谢谢招展，戎马喧腾，径向安徽而去，一路无话。

这日行近安徽地界，探马飞报，前面山腰里扎有营帐，旌旗字号却标着本部左营字样。翼王听说，立颁令箭，派遣两员骑将，传左营指挥使赵国栋来见。两骑将接令上马，扣住丝缰，加上一鞭，那马跑开四蹄，飞一般向山腰而去。不过一刻工夫，鸾铃响处，三匹马如飞而至，直到中军帐滚鞍下来。

骑将入报："左营指挥使赵国栋传到。"

翼王道："着他进来。"

左右将校，一迭连声喊传赵国栋。只见一员红巾黄衣的彪形虎将，大踏步进营，弯转狼腰声诺道："左营指挥使赵国栋见王爷。"

翼王喜问："将军到这里几天了？前营、后营、右营可曾遇见过？"

赵国栋道："本营抵此才只三日，前营张指挥在稆州，右营王指挥在凤阳，后营金指挥已到黄山去了。"

翼王又问了问请兵情形，遂令拔寨齐起，叫赵指挥与自己并马而行。进了安徽界，扎了营寨。赵指挥进言，山中新出一虎，频频出外伤人，扎营在此，倒要格外小心。

翼王道："虎是伤人孽畜，咱们既然知道了，自应捕掉它才是。"遂派骑将传令各营，明日大摆围场，搜山捕虎。

一到次日，翼王统率各将，点齐三千人马，赵指挥率兵两千，摆开围场，分队入山搜捕。郡主锦袍绣甲，手执鸟枪，身跨白马，带着十多员女将，在围场中往来驰逐。春风得意马蹄疾，艳丽风流，见者无不称羡。忽一头白兔，箭一般跑来，郡主手发一枪，立毙马前，从骑齐声称贺，郡主得意得很。

正这当儿，左右哗言虎至。回头见一只吊睛白额虎，前爪高举，猛扑将来。郡主大惊失色，忙着鞭马。不意那马瞧见了虎，尿流屁滚，连骨头都吓酥了。众女将目定口呆，喊都发不出。虎行如风，已经扑到。郡主惊得直跌下马，各兵弁齐声发喊，要开放洋枪，又恐误伤郡主。

正在危急万分，间不容发的当儿，忽一个少年将军，彪行虎跃，闪电似的过来。那虎见了人，奋起前爪，才待腾扑，一个旋风，少年将军已经飞到，只见他在虎后肋上狠命一剑，虎负了痛，回身自卫。少年并不闪开，手执宝剑，候在那里。虎一见少年，前爪在地略按一按，奋身腾扑将来。少年真也灵捷，等虎扑到，一闪身早已闪过。虎见扑不着，大吼一声，竖起铁棒般尾巴，旋风似的扫将来。阖营将弁瞧见这个声势，都替少年捏一把汗。少年却不慌不忙，等候虎尾将次扫到，腾身空际，看得真切，只一给，恰恰坐在虎项上。左手拿住虎头，右手把宝剑直抉虎睛子。霎时，血淋淋两个虎睛已抉掉。少年提剑在手，没头没脸，乱戳将去，顿时把活生生的猛虎，断送到阎王路上去。

翼王闻报，飞马来瞧，活虎已成死虎。此时郡主已被从骑救起，双波盈盈，芳心脉脉，注视着那少年，好似全副精神都在他身上似的，连翼王马到都没有瞧见。翼王跳下马，搀住郡主手道："我的儿，受惊了。"

郡主道："父王，儿的虎口余生，都是这位将军赐的。"

翼王随郡主玉手所指的地方瞧去，果见一位少年将军，气宇轩昂，精神焕发，在那里指挥兵弁，扛抬死虎。遂令左右传他来。一时传到，那少年弯腰参见，先见翼王，次见郡主。

翼王见他首扎黄巾，身穿红服，知道是一位都检使，遂问他姓甚名谁。那少年道："卑弁是左营赵指挥标下都检使，姓沈名祥凤，徐州人氏。"

翼王喜道："沈都检，你今儿的功劳真不小，我马上升你为元帅。也别在左营了，就留在我这里。赵指挥那里，我替你说一声是了。"

沈祥凤大喜，从此沈祥凤就在翼王营中当差，跟郡主天天在一处。一个感恩知己，一个仰慕艳才，月夕花晨，谁能遣此？灯前酒后，未免有情。英雄识英雄，好汉识好汉，两人不免都有了企慕的念头。此时石翼王要紧干那化家为国、割据称雄的大事业，军书旁午，戎马仓皇，谁有暇问他两个的闲事？

一日，翼王发号施令，点兵派将，弃掉安徽，攻打江西。百万雄兵分为十起，浩浩荡荡，直向江西进发。不意沈祥凤恰派在第一队里，充作副先锋。军令严于诏旨，只得督兵前进。郡主虽然没有讲什么，离愁别恨，不胜憔悴。可怜每日里无精打采，所恃以排愁解闷的，只有前军捷报两字平安而已。

一日，军行及广信界，翼王与郡主并辔徐行，赏览那山光水色。忽报清钦差曾国藩差人下书。翼王就问多少人同来，军弁回只一个人。翼王遂命带他进来。一时带到马前，那人叩罢头，呈上书。翼王拆开瞧时，只见上面写道：

大清钦差大臣、礼部侍郎、节制湖广江西军备曾国藩，书候天国翼王麾下：

某闻识时务者为俊杰，今将军以盖世之雄，举兵湘桂，为天下倡。奇才雄略，纵横万里，宁不伟欤？然时势不可不审也。当洪氏奋袂之初，广西一举，湖南震动，进踞武昌，下临吴会，声势之雄，亘古未有。而区区长沙，攻且未下，致南北声气难通，冯萧相继殒命。

曾天养失事于汉口，杨秀清受困于武昌。至盛之时，不免险难，天决亦不可知矣。自来开创，皆君臣一德，以图大事。如将军所遇，君主苟安，功臣残杀，其何有济？范增失意鸿门，姜维殉身蜀道，非智勇有所缺乏，所遇非人也。本朝七叶相传，号为正统，深仁厚泽，礼士尊贤，将军自拔来归，不失专阃之荣。英雄用世，只求建白，宁不知做退一步想耶？彼秀全以草茅匹夫，铤而走险，穷蹙一隅，行将自毙。将军穷而他徙，倘再不得志，甚非吾所忍言也。仆忝主军戎，实专征伐。将军或失志迷途，或回开觉岸，尽在今日。唯将军图之。

翼王瞧毕，笑向郡主道："曾涤生真是我知己。此书倒不可不复。"

欲知如何答复，且阅下回。

第五回

嫁马　谏石

话说翼王瞧毕来书，就向郡主道："涤生此信，倒不可不复他。我的儿，取了笔墨来，我念你写。"遂朗声念道：

　　曾摘芹香入泮宫，更探桂蕊趁秋风。
　　少年落拓云中鹤，尘迹飘零雪里鸿。
　　声价敢云超冀北，文章早已遍江东。
　　儒林异代应知我，只合名山一卷终。

　　不管天人在庙堂，生惭名位掩文章。
　　清时将相无传例，末造乾坤有主张。
　　况复仕途皆幻境，几多苦海少欢场。
　　何如著作千秋业，宇宙常留一瓣香。

　　扬鞭慷慨莅中原，不为仇雠不为恩。
　　只觉苍天昏瞆瞆，莫凭赤手拯元元。
　　三军揽辔归羸马，万众梯山似病猿。

我志未酬人亦苦，东南到处有啼痕。

若个将才同卫霍，几人佐命等萧曹？
男儿欲画麒麟阁，夙夜当娴虎豹韬。
满眼河山罹异劫，到头功业属英豪。
遥知一代风云会，济济从龙毕竟高。

虞帝勋华多硕美，皇王家世尽鸿濛。
贾人居货移神鼎，亭长还乡唱大风。
起自布衣方见异，遇非天子不为隆。
醴泉芝草无根脉，刘裕当年田舍翁。

郡主书毕，递给翼王瞧过，加上封套，盖上关防，发与来人带回。

忽接先锋军报：曾营兵马，瞧见吾军旗帜，退军二十里。

翼王叹道："曾涤生真是良将，知进知退，知存知亡，跟他交战，胜负殊难把握。不如避掉他，从九江改道进湖南吧。"

一将下令，万众风从。行到湖南，忽报湖南巡抚胡林翼在长沙地方屯兵积草，守得十分坚固，准备跟翼王开仗。翼王听说，遂令扎下营寨，会集骑步各将，商议攻取所向。

众将都道："川中民殷物富，四面都是崇山峻岭，可以自守。不如到四川去。"

翼王喜道："我也久有此意，踞了四川，进能争雄，退堪自保。"遂令大小三军，抄过长沙，改道向四川进发。

郡主谏道："四川这一块地，是最坏不过的坏地方，以刘备之枭雄，诸葛亮之谨慎，不能进图中原尺寸，而刘禅孟昶，死不旋踵。可知四川地势，进不能开拓，退不足自守，很没味儿呢。"

翼王道："此系军国大事，已经询谋佥同，我计决矣，汝勿阻我。"

郡主道："父王有众百万，与其入川，不如征北。北京一破，天下皆定。四川一陬，更不必虑。仅踞四川，无论其不足守，就使能守，以一隅之地，抗天下之众，儿未见其可也。"

翼王道："我志已定，儿勿再言。昔高祖争天下，先定关中；光武争天下，先踞河内。无非为根本计耳，本固则枝荣，根深乃叶茂。今日之四川，即我之关中河内也，如何弗争？"

郡主见翼王执意甚坚，知道争也无益，秋波盈盈，注视着翼王，悲声问道："父王定要川里头去么？"说到下半句，声音已经哑下去了，虽不至哽咽悲泣，言外余音，却已异常酸楚。

翼王是金戈铁马的英雄、虎跃龙骧的豪杰，襟怀如天空海阔，情性似霁月光风，这种微言妙旨，哪里会存在心上？旌旗招展，戎马喧腾，一路滔滔，径向四川进发。

不意郡主自那日翼王拒谏而后，忽地变了个样子。偷洒湘妃之泪，频蹙西子之眉，人前背后，吐语发言，不免总带几分幽怨。就是会着知心良友沈祥凤，短叹长吁，也没有先时那么缠绵缱绻。一枝华贵春兰，变作牢骚秋菊，近侍女将都委有诧愕，只不敢回与翼王知道。

一日，行到南康地界，忽有一个上饶监生马如龙来营投效，阖营文武都吃一惊。你道为甚缘故？原来马如龙的面貌与翼王一般无二，不过翼王眉宇勃勃有英气，马监生却没有的。翼王目睛奕奕有威光，马监生却没有的。倘不是细心瞧看，再也分辨不出，所以营中将士吃一惊。

马如龙谒见翼王，翼王见他浑厚朴实，先有三分中意，及至问他本领，小楷之外，别无他长。便皱眉道："照这个样子，只好做一个抄写手。"遂把他派给郡主，充当抄写手。如龙到差之后，谨慎将事，闲是闲非不闻不问，罕言寡语，安分随时，同事人员倒没一个不喜欢他。

郡主见他这个样子，芳心忽有所感。恰巧这日翼王为了一桩什么事，叫郡主到中军帐吩咐。郡主见左右无人，便向翼王道："儿有一事恳求父王做主。"

翼王道："什么事，你尽管说。"

郡主道："此事论理不是我做女孩子应说的，但是父王当时加恩，收我做女儿时，曾经许过我一句话，现在时危势急，女儿没法了，顾不得害羞不害羞，可以说不可以说，只得恳求父王成全了。"

翼王道："鼓不打不响，话不说不明，到底是什么事？要我成全的是什么？"

郡主道："父王当日不是应许过替女儿操心择配么？"

翼王醒悟道："是的，有过这么一句话。都为这几年里戎马仓皇，一径没有闲过，就把你的事搁下来。"

郡主道："女儿现在已经选定了人，回过父王，就请父王施恩成全了这桩事。"

翼王喜道："你自己选定，那是再好没有的事，一定替你成全。谅必是文武双全、品学俱备的英杰。到底是谁，快说与我知道。"

郡主道："儿选中的不是别人，就是孩儿案下抄写手马如龙。"

翼王惊道："我的儿，你今儿醉了没有？怎么说出此话来？军营中文武才士累面盈千，不拘谁选一个，总比他好几倍。"

郡主道："父王疼爱女儿，要女儿得配才德兼全之士，女儿感激得很。但是女儿心里别有用意，父王现在不知道，到那时自会知道的。"

翼王道："我也无非可怜你。既是你自己情愿，那也罢了。"

郡主见翼王已经应允，叩头称谢，回到自己帐中，低头默思，忽又想起一事，自语道："这一个如何安放呢？他不是我，定不会知道我心里事情。然而我又万不能使他知道，他心里以为我总是他的人，平白地听见我许了姓马的，如何不跳起来？论理这一件事，我原很对他不起。"想到这里，愁肠婉转，向着天空低声叫道："沈祥凤，沈祥凤，你须原谅我，须知我也叫万不得已。"

次日，翼王下令诹吉，把郡主下嫁。阖营将弁得着此信，忙都备办贺礼，上辕叩贺。到了这日，行辕里铺设得花天锦地相似，屏开鸾凤，褥设芙蓉。加列雉尾之扇，鼎飘麝脑之香。笙箫聒耳，鼓乐喧天，热闹繁华自不必说。不料笙箫鼓乐声中，锦绣绮罗丛里，竟酿出一桩非常的大事来。

这夜新郎新妇送入洞房，绛烛双烧，交怀合卺，马如龙默坐一隅，一言不发。倒是郡主流利活泼，笑语如常。更深户闭，两新人相将就寝，忽闻窗外发有异声，如龙道："这是什么？"

郡主心知有异，遂道："你别怕，待我出去看来。"

秉着烛推窗四望，见墙阴下一团黑影，仿佛是个人蹲着，低声喝问："谁？"

只见那黑影忽地长了起来，郡主跨出窗槛，用手掌逼住灯光一瞧，雄赳赳气昂昂，不是沈祥凤是谁？祥凤瞧见郡主，一个旋风飞到面前，拱手道："恭喜郡主，得配美丽郎君。卑弁特来叩喜。"

郡主听了，顿时变色，遂道："沈郎，余心唯天可表。我做这件事情，实出于万不得已。沈郎今日虽不谅我，异日必定知道的。"

沈祥凤道："郡主心中还有沈祥凤么？"

郡主道："你是我第一知心良友，如何会忘掉？"

沈祥凤道："郡主亦知人家心中痛苦么？"

郡主道："沈郎，我心正与郎心相同。总之一语，你我情好如此，只能做朋友，不能成夫妇，想亦姻缘簿上未注姓名耳。"

两人喁喁私语，讲了好一会儿情话。那沈祥凤满腹牢骚，一腔怨愤，原要闯入新房，跟姓马的拼一个死活。被郡主柔情蜜意、软语甘言一顿说，竟说得烟消雾解，诺诺连声而退。郡主回房，马如龙也不询问，新婚燕尔，如弟如兄，不用细说。从此夫妇两人，仍在翼王帐中佐治军书。

年华容易，腊鼓催残，转瞬又是一年。此时郡主已生了一个女孩子，玉琢粉妆，聪明活泼，夫妇二人异常疼爱。那外祖翼王也十分怜爱，尝向左右道："此孩福命真好，自从她出世而后，本王行兵，战无不胜，攻无不克，一路滔滔，势如破竹。"左右无不称颂。

一日，南京细作回来，报知近时朝局。知道征北大将军第十二天将夏官李开芳，上表参劾北王，天王逆不过朝论，已经把北王赐死。那李开芳的参表是：

窃以东王毁家举义，自桂平奋起以来，转战各省，皆竭忠尽诚，以纾国难。赖上帝之灵，国家之福，英雄响应，士庶归仁。东南各省，次第光复。用能继承汉统，正位金陵，东王固与有力也。朝廷论功行赏，晋爵

40

开藩，外结君臣，内联兄弟，复假旌钺，得专征伐。方之往古，刘汉萧曹，朱明徐常，无以加焉。今以宵小怀私，谋杀元勋，全家被害，朝廷不加罪责，将何以服人心？臣闻变之下，不知所措。诚以元凶尚在，先臣难瞑，军士离心，流言随起，此臣所夙夜不安者也。臣统兵在外，非欲妄参内政，人心一离，大势即解。恐创业未半，而中道崩离也。臣诚不忍坐视，谨拜表以闻。

天王既诛北王，又大封各王。李秀成为忠王，文衡总裁，总统十门御林义宿都卫军，都督各部。陈玉成为英王，文衡总裁，都督十门御林军忠勇羽林军。杨辅清为辅王，文衡副总裁，九门御林忠愍都卫军。李世贤为侍王，文衡副总裁，九门御林正系都卫军。蒙得恩为赞王，九门御林忠贞朝御军。秦日纲为燕王，九门御林忠义都卫军。黄文金为堵王，九门御林忠毅御军。谭绍光为慕王，九门御林靖虏都卫军。罗大纲为勇王，九门御林荡妖御卫军。林绍章为章王，九门御林敬升都卫军。赖汶光为遵王，郜云官为纳王，伍文贵为比王，吉文元为庄王，张学明为宁王，陈炳文为听王，陶金曾为奖王。于是有一隐士，献一联语与天王，很有讥讽的意思，其辞道：

一统江山七十二里半
满朝文武三百六行全

翼王听说，笑向左右道："天王如此闹去，只怕江山有些难保呢。"

说着，忽报川中土司孟森德求见。翼王唤入，孟森德陈说入

41

川之利，恳请翼王即日进攻，四川沿边各土司愿为内应。翼王大喜，传令拔营齐起，由金沙江经川边土司境前进。一声令下，百万大军立时出发，前步后骑，滚滚滔滔，走成一线。但见旌旗蔽日，鼓角喧天，士马饱腾，步伍整肃。正所谓叱咤风云变色，暗鸣山岳崩颓。

翼王左顾右盼，得意非常，回顾郡主道："吾闻蜀西藏卫，外险而内腴，地广而民懦，倘得踞之，亦一扶余也。现在并力疾走，过城不攻，遇邑不掠，不过一月，泸雅之隘，皆为我有。清兵就是赶来，已经不及了。"

郡主道："夷性反复，怕不很可靠呢。"

翼王道："这一层我也虑到。特以连年用兵，胜败得失，无从定局。致累人民流离颠沛，行险侥幸，无非欲早释仔肩。成也在此一回，败也在此一回。我马既西，决不回首。"

于是催令马步，昼夜兼程而进。山遥水远，行久力疲，军士尽都怨望。半途溃散的，每日都有几起。行到金沙江，总计马步能有六七万了。郡主扣马泣谏，翼王毫不在意，传令军士结筏渡江，违者立斩。

欲知得渡与否，且听下回分解。

第六回

殉节　酬恩

话说金沙江的水流本来是湍急的，偏偏天色不作美，忽地发起飓风来，波涛汹涌，吞天吐地，撼岳摇山。人马被飓风卷入浪里的，累百盈千，不计其数。翼王目睹此状，不胜郁愤，仰天悲呼，声如裂帛，气贯长虹，直亘霄汉。果然感天动地，顿时风流平静，人马安然渡过，众人无不称异。一渡金沙江，就是土司地界。土司各酋稽首马前，攀留虎驾，形状很是恭顺。

翼王回顾郡主道："亏得不曾疑惑，不然又错过了好机会也。"

郡主道："但愿如此，儿亦不胜欢喜。"

军行数日，忽至一处怪石奇岩，峻险不可名状。两边双峰插天，中间羊肠一线。忽前军报称，山峡里伏有清兵，仄径崎岖，很难接仗，请王爷示下。翼王闻报，催马向前，亲自察看。果见山阴树避开，旗帜隐隐，戈戟森森，笑向众人道："些少伏兵，怕他怎的。你们胆怯，请看我。"说着，率领护卫骁骑百余人，鞭马直进。众将弁瞧见翼王这个样子，勇气顿增十倍，呼噪奋跃，飞猱而入，遂在狭路里搏击起来。正是：

狭巷短兵相接处，杀人如草不闻声。

　　打仗的事情，究竟是人多的便宜。两军搏击，斗有三五个时辰，清兵战不过石兵，纷纷逃遁。翼王大军蜂拥而入，从此一路平坦。就碰着几起清兵，一杀即退，毫不费事。翼王经此，愈益心高气傲。

　　这日行到紫打地方，崇山峻岭，插汉凌霄，形势极为险恶。众将士翻山越岭，劳苦异常。前锋飞报，前面大河阻路，军士不能行走。翼王怒道："要先锋做什么？先锋的责任，逢山开路，遇水架桥，有河叫他速速造桥。"

　　那兵弁回道："前面的河名叫大渡河，对岸扎有清营。现值连朝大雨，河水暴涨，就使没有清营，也难筑桥过渡。"

　　翼王听说，才待飞马察看，第二道军报又到，报称后面山后已被土司用树枝垒断。翼王惊道："土司都反叛了么？"

　　军探道："土司已否反叛，小的没有仔细，不敢妄回。不过后路确已垒断，并有好多士兵，在那里摇旗呐喊。"

　　翼王大惊，遂派骑将飞马探视四周路程。霎时回报，前面是大渡河，对岸清将唐友耕扎有营寨，左面是松林河，右面是老鸦漩河，后面就是咱们来的山路，已被土司用树木塞断。

　　翼王惊道："这么说来，咱们都在绝地了。"

　　恰值郡主入营请安，翼王叹道："我的儿，不听汝言，至有今日。"说着，苍凉悲壮，不胜唏嘘。

　　郡主婉辞譬解，翼王道："汝父用兵半生，战无不胜，攻无不克，不料今日如此失策。"

　　郡主道："胜败兵家常事，何况现在两军还没有交锋呢。开起仗来，谁胜谁败还说不定。父王万金贵体，自宜宽心才是。"

44

翼王道："古人有置之死地而后生一法，现在兵处绝地，没法子只好用这一法子。"

郡主道："父王意思退回去，还是向前去？"

翼王道："后路已断，万万不能再回。只有拼命向前，才是死中求生之法。"遂发将令，大小三军，编为三大队，砍木结筏，顺流渡江。一队飞渡，两队呐喊助威。

军士遵令，不多几时，木已伐就，筏也结成，翼王亲到江干监视。只见黄旗一挥，一大队军士齐登上木筏，岸上军士齐声发喊，如同山崩雷响，十里皆闻。筏上军士只用竹篙轻轻一点，数十扎木筏便如弩箭离弦似的，顺流而去。

瞧对岸清营时，无声无臭，不问不闻，甚为冷静。翼王疑惑道："莫非是座空营盘，扎着装虚势唬人的？"

正在思索，一声炮响，旌旗飞动，对岸清兵密布如墙，千枪并发，百炮齐鸣，烟硝如雾，弹丸如雹，筏上军士欲进不可，欲退无从，中弹落水者不计其数。翼王在马上白干急，又不能飞渡过去拯救，眼巴巴瞧见本部劲旅一个个死于非命，气得频频发叹，刻刻攒眉。可怜奉令飞渡的一大队将士，精光完结，竟没一个生还。只得扎下营帐，再想别法。

围军百日，困在一朝。围军怕的就是绝粮，翼王后路垒断，粮道已经绝了，军中现粮只够支持六七日，心下异常愁闷。遂命心腹将弁再去探路，一面聚集马步各将，慷慨发言道："众位弟兄，咱们这会子已经身临绝地，想达开与众位弟兄，自起义到今，没一刻分离过。赖众位之力，一路滔滔，势如破竹，都缘我智识短浅，不能瞻前顾后，远虑深思，致有今日。现在四面都是敌军，前后并无去路，困守在此，势必同归于尽。要望逢凶化吉，难若登天。想众位弟兄必无奇谋秘计，可以解除此难。然而达开今日倒有一个祸中得福、绝处逢生的好法子，众位如肯实行，定能去否交泰，化难为祥。"

众人都道："王爷妙计，我等定然遵行。"

翼王道："此计非他，就是取我的首级到清营投降。"

众人尽都愕然，只见翼王道："清将所欲得甘心的，就是我一人，他与众位原无深仇积怨。吾闻清朝购我首级，赏万金，官一品。众位杀了我，不但可以免死，并可以得高官厚禄，达开与众位相处十余年，患难与共，交情不可谓不厚。这一点就是我们朋友相赠的薄礼，众位以为如何？"

众将听罢，悲愤异常，都道："王爷快不要讲这种话。咱们生则同生，死则同死，生死护着王爷。谁要变心，先除掉谁。"

正在这当儿，探路的将弁已经回来，入帐报称，探得右面老鸦漩河滩岸没有清军营帐。众将都道："既然如此，咱们快渡过老鸦漩，再作处置。"

翼王道："日间易被清军觑伺，不如等月上时光出发。"

众将应诺，于是分头四出，专干那采木结筏事情，预备月上渡河。

这夜，天黑造饭，一更时分，东山月上，江景如画，翼王率领马步将士，乘筏渡江，行到中流，忽然感触，不禁慷慨悲歌起来，宛如鹤唳猿啼，大异龙吟虎啸，感得众多将士都洒下英雄泪来。风平浪静，军马一时毕渡，众军士欢声雷动，将弁人等也无不以手加额，独翼王依旧愁眉不展。当下安营结寨，暂时驻扎。

次日黎明，翼王升帐发令，才待起马，忽报烟尘大起，大队清兵分为两路，包抄前来。翼王赶忙出帐瞧看，只见清军灯火头尾衔接，宛如两条火龙，声势十分厉害。左右将校都请出兵迎击，翼王立派两员健将，各率骁骑三千，风驰迎击。不过一个时辰，飞报两将阵亡，骑兵尽都降敌。

话犹未了，营外鼓声大震，清军已经合围了。翼王大惊，传令本营各将，尽都出马，亲自督队。这一场恶战，直杀得天愁地惨，月暗星昏。清军真也厉害，愈杀愈多，愈战愈勇。军队看看敌不过，只得回转本营，掘壕竖栅，死力固守。四面清军喊声如雷，齐喝："石达开快快投降！快快投降！"

翼王自度兵力终难抵御，回顾郡主道："我的儿，汝父死在这里了。"遂慷慨吟道：

> 一片雄心终不死，百年杀运未全消。
> 仰天喷出腔中血，化作长虹亘碧霄。

吟罢，拔剑欲自刎。郡主急忙抢住剑，泣道："父王万勿如此。"

翼王道："你别拦我，我不刎，清兵必不肯罢休。"

郡主道："父王，儿早为父熟计，今日是儿报答鸿恩之日。"

爷儿两个在中军帐争夺宝剑，早有人报知郡马马如龙。马如龙抱着孩子赶来，见翼王的宝剑已在郡主手中了。郡主一见如龙，就问道："郡马，你知道我嫁给你的意思么？"

如龙木然道："没有知道。"

郡主道："就为今儿要用你。"

如龙道："用我做什么呢？"

郡主道："用你解救父王之难。"

如龙道："我可不会打仗。"

郡主道："从前汉主困荥阳，纪信救主。父王待我们恩逾汉主，今日之困，急比荥阳。而营里头又只有你的面貌与父王相像，我想要你做一回纪信呢。"

如龙大惊失色，郡主见他踌躇不应，不禁大怒，柳眉倒竖，杏眼圆睁，夺取如龙手中的孩子，向阶下一掷道："咄！庸奴还要恋恋妻子么？"只听得呱呱一声，粉妆玉琢的小孩子，顿时碎首阶下，死于非命。

如龙惊得目定口呆，郡主早把翼王的宝剑掣出鞘来，疾声道："快与王爷易服！快与王爷易服！"向项上只一横，早已是：

> 揉碎桃花红满地，玉山倾倒再难扶。

马如龙见郡主如此侠烈，一时衷心感动，跟从翼王到帐后。一会子，军中哗传翼王率众降清。其实，翼王早与三五个心腹人逃入邛雅山中去了。这降清的，就是代主纪信、易服丑父马如龙。

翼王逃出时光，原欲招集残兵，图谋再举。不意警报传来，替身马如龙及军中健将十多员，都被清将害掉性命，余众溃散，不可复合。知道事不可为，长叹一声，入山为僧去了。正是：

> 楚歌声里霸图空，血染周天烂漫红。
> 煮豆燃萁谁管得，莫将成败论英雄。

附录一：

陆士谔时事小说

《血泪黄花》

第一回

湖北省督署戒严
贡院街电生送信

遍地腥膻，何处是，唐宫汉阙。叹底事，自由空气，无端销歇。秋草黄遮亡国泪，夕阳红染伤心血。倩巫阳，招得国殇魂，肠千结。

华夷界，畴分析；奴隶痛，空悲切。问何时，唤起中原豪杰？铁骑凭谁驰朔漠，铜驼见汝埋荆棘。看镜中，如此好头颅，拼先掷。

这一首《满江红》，乃是晚近志士亚卢先生之作。搔首问天，拔剑斫地，愤懑之气，溢于言表，恰与湖北起事那班志士，心意相合，不免借他来做一个开场幌子。

却说湖北武昌城里贡院街有一所很精的宅子，虽不见十分高大，后面却也有一座小花园，各种花草倒都也全备，花时红紫芬芳，很可以赏心悦目。里头也有茅亭，也有回廊，前面三开间两进房屋，一进是楼房，一进是平屋，砖墙石地，爽气异常。据说原邸是富室别墅，现在主人姓徐，是大明朝开国功臣中山王后裔，三年前在对江汉口那一家洋行里充当总理，因爱这座宅子清幽绝俗，买了下来，作为住宅。哪里晓得天不遂人愿，徐买办这年冬至节上，忽得伤寒一症，药石无灵，一命呜呼，归向黄泉路上去了。遗下一妻两女，孤孤凄凄，苦度那悲惨日子。幸得太太朱氏秉性贤淑，干才优长，内抚双雏，外驭诸仆，该省的就省，该节的就节，把家政整理得有条不紊。亲戚们见了，哪一个不钦佩？两位小姐，大的名叫振华，年方二九，生得肩若削成，腰如束素。论她的体态，便是三春杨柳，十月芙蓉；论她的胸襟，便是月朗天空，星高琼宇；论她的丰神，便是月里素娥，霜中青女。这徐振华有如此的胸襟，如此的姿色，却又珠规玉矩，举止大方，毫没时下佻佻习气。那小的名叫冠英，身量未足，形容尚小。

徐买办在日时光，就把两颗掌上明珠送进湖北女子师范学校里念书。振华禀性聪明，各种科学无不升堂入室，每逢考试，总是她名居第一。现在已经毕了业，有好多处女学堂，叫人来关说，要聘她去充当教习。振华因为家里人口稀少，母亲、妹子没人做伴，一概谢绝，在家里头瞧瞧书，写字字，唱唱歌，做做活计，消磨那大好的光阴。

振华有一个要好朋友，姓黄名叫一鸣，黄陂县人氏，本城武备学堂毕业生，在新军营充当队官，协统黎元洪，统制张彪，都十分地看重。黄一鸣的妹子和振华同窗好友，一鸣到女子师范学校探望妹子，因与振华认识，两个人遂做成了朋友，渐渐要好起来。振华爱一鸣英武豪侠、倜傥不群，一鸣爱振华俊雅温柔、贤明有识，两个人互相爱慕，互相钦敬，由爱生敬，由敬生爱，不知不觉，情窦自为生长起来，自然而然订成功了婚约。朱氏太太见女婿英姿倜傥，心里头十分欢喜，时常留他在家里吃茶吃饭。

这年八月十五，朱氏问女儿道："营里头今天可放假？"

振华道："那是照例的事，他前天还说起放了假到我们家里来，娘儿姊妹一块儿坐着乐一天呢。"

朱氏道："那么，我们办几样小菜，候着他吧！"

娘儿两个正讲着，只见妹子冠英跳着进来，一见朱氏就道："妈，姊夫今天来不来？"

朱氏道："你问他怎的，敢是不愿意他来吗？"

冠英道："姊夫不在，冷清清，怪没趣味的，我巴不得他来呢。"

朱氏道："你扭股糖似的，扭得他怕了，还愿来呢。"

冠英道："我从今儿起，不扭就是了。妈，快寄信去叫姊夫来。"

说着，走近身，坐在朱氏怀中，两手扳着脖脖，扭股糖似的扭一个不了。

振华作色道："冠英，你像什么岁数？一年大一年，还这么孩子气，快走开去，规规矩矩给我坐在那里。"

冠英见了阿姊，倒有三分怕惧，听了话，就站了起来，走到靠窗桌子旁，自去瞧书去了。

朱氏、振华商量着办菜，当下志志诚诚，烹了几样菜。朱氏晓得一鸣喜欢吃的是绍酒，特命仆妇把灶间里一坛花雕开去了盖，舀二斤好了，盅筷也收拾好了。娘儿两个专专地候着，从上午候起，直候到月上，还不见来，心里异常不自在。振华更是盈盈秋水望眼欲穿。

朱氏道："不要不来了吗？"

振华道："总不会的。"

忽听门上铃声琅琅，朱氏道："姑爷来了。"

振华拿着洋烛手照，亲自迎接出去。只见一个二十上下年纪的胖大汉子，一埋一埋进来，见了振华，笑嘻嘻叫了一声妹妹。振华没有防备，不觉猛吃一惊。

原来此人姓朱，名桂生，是朱太太同胞侄子，和振华是姑表兄妹，在对江汉口镇官电局充当拍电生的。当下就问振华道："姑妈在里头吗，怎么倒劳妹妹？"

说到这里，忽又截住不说了。振华生性英爽，这种语言小节目上倒也毫不在意，遂道："妈在里头，桂哥哥自己进去是了。"

桂生进内，见过朱氏，随道："今晚月色倒好，姑妈可曾喝杯酒，赏赏月亮？"

朱氏道："烹好了菜，还是早上候起，直候到这会子，不知怎样，你妹夫始终不来。这么的好时好节，营里头也应赏个假呢！"

桂生道："恐怕有甚紧急的事情呢，我方才进城，城门口守有五六个兵士，都穿着号衣，掮着洋枪，腰里头还插有小刀。进城的人，盘问得十分详细，倘然没有紧急事情，总不会查得这么严紧的。"

朱氏道："你可晓得到底为了什么事？"

桂生道："这倒没有清楚。"

说着，振华也进来了。朱氏道："振丫头听见吗？城门口都守着兵士，不知又闹出了什么乱子。"

桂生道："昨晚三点零五分钟，广州来一个加紧急电；今早七点十五分钟，南京又来一个急电，都是送交制台衙门的。"

振华道："电文里头讲点子什么话？"

桂生道："打的都是密码，我们翻不出。"

朱氏还不在意，振华暗惊道："莫非那桩事情发作了吗？哎呀！不好了，一定无疑，一定无疑，不然，逢着那么佳节，怎么会不来呢？"

心里一急，桃花粉脸上宛如罩上一层浓霜，顷刻间现出纯白的颜色。

朱氏见振华颜色有异，不觉也骇怪起来，搀住振华玉手问道："我的儿，为甚唬得这个样子？"

振华听了，竭力地镇定，强笑道："我没有唬呢。"

朱氏道："手都冰冷了，还说不唬。"

振华且不答朱氏话，向桂生道："桂生哥，谢你给我外边去打听打听，到底为着什么事情，查得那般严紧。"

桂生答应一声，起身就要走。

朱氏道："才走到，坐还没有坐定。"

振华道："打听过了，难道不好再坐坐吗？妈，我是难得使唤人家的，使唤一回，就要你来阻挡。"

朱氏道："振丫头，怎么今天变了个样子？你随常一径很温柔的。"

振华听了，并不回答。

桂生起身道："姑妈，我去打听了再来。"说毕，出外去了。

振华没心没绪，到楼上踏了一会儿披霞纳，又走下来问朱氏道："桂生哥总不见得来了。"

朱氏道："你叫他打听，他总要一处处探访，不见会跑了去，就跑了来。"

说着，门铃声丁零乱响，仆妇报说，桂少爷来了。桂生走进，向朱氏道："姑妈，外面风声紧得很，汉口镇捉住两个革命党，起出两箱炸弹，城里后街上也有三个没辫子的被警察捉了去。现在查得越发紧了，凡街上过路的人，有肩负洋伞、手拎皮包的，都要轧住严搜，因为传说皮包里都是炸弹，洋伞柄都藏有刺刀，碰着今天，刚刚又是中秋，收账人哪一个不拿洋伞，哪一个不拎皮包？累受得要不得。警察程度又都很平常，见了洋钱，宛似苍蝇见血，哪一个肯办清公事？"

振华听毕，猛吃一惊，慌问："营里头怎么样？也有牵连着吗？"

桂生道："那倒没有听见，光景还没有吧。"

振华道："街上兵士有没有？"

桂生道："掮枪逡巡的都是新军。"

振华道："可曾瞧清楚号衣上标的第几标第几营？"

桂生道："好似都是第二十一标嘛！"

振华晓得黄一鸣也在逡巡队里，才放下了心。朱氏留着桂生，大谈阔论地讲论家常。

振华自到楼上去拍踏批霞纳，一边拍，一边唱，歌声协着琴韵，唱得很是好听。只听她唱道：

天下荣，丈夫立战功；天下乐，英雄破敌国。古今来，兴灭本无常，你看他强吞弱者肉。我中原，立国数千年，老大邦，今日受人辱，想起来，好不恨填胸，欲自强，团体要牢缚。最可羞，一种倚赖性，波兰人终为俄擒服；最可耻，一种奴隶性，印度人永远堕地狱；最可敬，一种坚忍性，拿破仑世界称卓卓；最可尊，一种爱国性，日本人与俄战东北。哪怕他枪林弹雨中，一军人志气，吞河岳，两军前誓不与生还，沙场死男儿，真快乐！

桂生向朱氏道："振妹妹倒很快活，还在踏风琴。"

朱氏道："振华这丫头，简直有点子测度她不出，方才急得什么相似，你也瞧见的。现在听了那么紧急的恶消息，反倒镇定了许多，你想奇怪不奇怪？"

正讲着，忽听门外人声鼎沸，宛如江翻海倒一般，姑侄两人都吃一惊。桂生慌忙出外瞧看，开出门时，见门外无数警察，并穿制服的宪兵，擎枪执刀，威严得要不得。

桂生慌了手脚，门也不及关闭，奔到里头，向朱氏道："不好了，门口被他们围住了，大门外团团围住，都是宪兵和警察，不知要拿捕什么人。"

朱氏道："那如何好？那如何好？"说着，身子不觉抖将起来。

振华听得，走下楼来，向朱氏道："妈妈，不必唬，我们家里又没有男子，谁去犯法呢？我晓得这一起人必不是来拿捕我们的。"

朱氏道："大门已经围住了，还说不是拿捕我们！"

振华道："那总是桂生哥瞧错的，这条街上又不光是住我们一家，东西两头邻舍也有数十家呢，怎知拿捕东邻呢，拿捕西邻呢？"

桂生道："到底振妹妹有识见，待我再去瞧一瞧。"

桂生说毕，转身向外去了，一会子进来报说："隔壁孙家里，弟兄两个，被宪兵拖去了。"

朱氏道："孙家那两个哥儿，人倒很和气的，不知犯了什么事，被捉将官里去？"

桂生道："总为革命党那桩事。"

朱氏道："正是那班青年后生家为甚都要干革命事情？干了革命，有甚好处？白白丧掉自己身子。"

桂生道："想来都不过想做皇帝罢了，其实皇帝都是天上降临的星宿，你我凡人，如何挨得着？"

振华道："妈妈不知道倒也罢了，桂哥哥拿救国志士和历史上的割据英雄一般看待，这却失之毫厘，差之千里了。"

桂生道："敢是妹妹倒明白这点子事情不成？请问这种人既不想做皇帝，谋反叛逆做什么？"

振华道："革命的道理，不是一句两句话讲得完的，泰西各邦的革命，专为政治不良，民生困苦，我们中国还多着种族一层观念，现在皇帝并不是我们汉族人，中华疆土这么的广大，人才这么的众多，难道皇帝资格的人一个也找不出，定要拥戴一个夷人？拥戴夷人做皇帝，欧美各邦才把中国人瞧不起，才晓得中国人没中用，才敢欺负我们中国人。革了命，一则是报雪旧耻，二则是改良政治，那几位革命大家舍生舍命，拼着宝贵的生命，和枪丸炮弹战斗，他们想点子什么？无非替同胞求幸福，为国家谋治安，你怎么仍旧和乱世奸雄一般看待呢？乱世奸雄是一心为私，救国英雄是一心为公；乱世奸雄是把大众生命调换一己私利，救国英雄是拼却自己生命专谋大众公益。"

桂生道："这么说来，革命党个个都是好人，怎么官府又要拿捕他们呢？"

振华道："官府是皇帝的鹰犬，革党是国民的救主，推翻了政府，灭除了皇帝，这班官府还向哪里去找饭吃？他们自然死命地保着皇帝了。"

桂生道："倒是妹妹来得明白，我们枉做了男子，一径睡在梦里，昏里昏糟，当革命党就是长毛呢。"

振华道："就长毛也不好算是坏人，'忍令上国衣冠，沦于夷狄；相率中原豪杰，还我河山'，翼王石达开的檄文这会子念了，也奕奕有生气呢。不过那时节的人没有现在那么开化，这是为时势所限，不能怪他们的。"

桂生道："不道妹妹也是个革命大家，可敬可敬。"

振华道："桂哥哥，你是个男子，究竟有点子气力，既然敬重我，何不就去干呢？"

桂生道："砍脑袋事情，究竟有点子怕势。"

振华听了，就不耐烦和他讲话了，面孔上很露出鄙薄的神气。桂生觉着，起身要走。

朱氏道："吃了饭去，我们有几样好菜在呢。"

冠英恰好进来听着，笑道："生蒸牛肉，那是为姊夫预备的呢。桂生哥吃了去，姊夫来起来，叫他吃点子什么？"

桂生好生不自在，起身道："姑妈，不用费心，我还有朋友约着，过一天再来叨扰吧！"说毕就走。

朱氏竭力挽留道："亲戚家有甚客气？横竖是便饭，自然吃了去。"

桂生见留得殷勤，方才坐下。朱氏向冠英道："关照厨房，叫张妈开饭。"

一时搬出小菜，阖家子团团坐定，只振华推说身子不自在，到楼上睡觉去了。朱氏晓得她性子，也不相强。饭毕，又坐了一会儿，桂生辞着去了。

这夜，振华睡在床上，翻来覆去，一夜没有合眼。次日起身，想差个人营里头去望望，又没人可差。忽闻隔壁哭声大震，宛如死掉了人似的。

张妈进报："孙太太和少奶奶、小姐得着少爷凶信，都哭得死去活来。"

振华道："怎么了？"

朱氏也慌慌张张进来，一见振华就道："振儿，你还没有晓得吗？隔壁孙家两个孩子昨晚问了一堂，收在监里，今朝制台衙门在请王命，听说要斩犯人。他家婆媳母女得着这个信，唬得死去活来，现在都在哭泣呢！"

振华道："请王命是不是就杀昨夜里被捕这几个人？我想革命党人总应得再问几堂呢。妈妈应得走过去劝劝他们，叫他们派人去打听打听，打听确了，再哭未迟。"

朱氏听说有理，就从后园旁门折过去解劝去了。振华倚窗独立，瞧着天井里摆设的盆景假山，心绪潮涌，想到一鸣素性沉毅，绝不会冒昧从事，这回党祸或者不致累及。又想到虐政流行，文网严密，救国英雄个个断送法场，到了战争时光，更有哪个去和敌人打仗？又想到满清政府现在那般行为，不到断送疆土为外人属地，断送人民为外人奴隶，断然不肯罢休。到了外人手里，我们再要图谋自立，可就难之又难了。又想到社会上一班号称文明者流，奔走呼号，集会演说，到真真急难临头，无可奈何时光，不过拍发一个电报到京里头去，恳求那班麻木不成的王爷中堂，以为我职已尽。至多再作一张咬文嚼字的请愿书，派两个不相干的人，叫什么代表员，搜刮点子夫马费，闹得乌烟瘴气，欢送咧，饯行咧，请他坐着轮船火车，京里头去逛上十来天，也就交代过了。其实于公事上依旧一丝一毫益处都没有得着，花去的钱却已收不回来了。照这么办下去，国事怎么还有起色？想到真心救国的人，又屡屡遭着失败，像王汉、吴樾，都是事情没有做成，身子先已伤掉，徐锡麟、温生才都以万金宝贵的身躯和饭桶两个拼搏，很是不合算，安庆、广州两番大举又都断送于奸细之手，难道上天定要灭绝我们汉族吗？

振华这时光，一颗灵明的慧心宛似流星般掷去穿来，好生不得归宿处所。忽觉有人在肩上轻轻敲拍，回头一瞧，不觉大喜过望，忙问："你几时来的，怎么一声儿不言语？"

那人道："我来了好一会子了，叫你两遍，你自己没有听见。"

欲知此人是谁，且听下回分解。

第二回

朱标统大开秘密会
黄队官快读革命文

话说进来的那人，生得长身玉立、一表非凡。更兼穿着武装，头戴军帽，身着制服，脚蹬皮靴，腰插短柄刺刀，手执五响快利，越显得狼腰猿臂、鹤势螳形，眉梢眼角露出英风锐气，几可辟易千人。原来此人不是别个，正是振华的未婚夫黄一鸣。

振华喜极，挽住手问道："你今天怎么倒有工夫来瞧我？"

一鸣道："一天不见你，心上不知怎样就要不舒服。昨日奉命查城，没工夫来，今天一落差，衣服都没有更换就跑来了。"

振华道："外边事情怎样了？"

一鸣回头瞧了一瞧，见没人，才悄悄道："危险得很，就在这几天，总有大事闹出来。"

振华道："革命党到底捉着了多少？"

一鸣道："我派在城里巡查外面的事，也不很熟悉。"

振华道："隔壁孙家两弟兄，今日听说要斫脑袋，到底确不确？"

一鸣惊道："孙家两子也捉去了吗？"

振华道："昨晚九点钟时光捉去的，你没有知道吗？"

一鸣道："我在里头和你在这里差不多，营里头各人各事，派开了这一方并不是我的地界，叫我如何会知道？"

振华道："他们听得制台请王命，阖家子哭得要不得，我叫妈妈解劝去了，现在生和死，究竟没有清楚。我问你，上头到底哪里来的消息，怎么忽然间查问起来？"

一鸣道："昨天中秋节，本的要放假的，大家端整回家过节。七点钟时光，院上得了一个什么电报，忽地差人来传张统制、黎协统上辕问话。那时，统制还在公馆，没有来营。黎协统晓得总有重大事情，马上叫人到张统制公馆去请，差去的人还没有回，院上又打德律风来催促，黎协统只得一个儿上院。足有顿饭时光，协统由院上打德律风到营里，叫众兵士一概不许请假，已经请假的也去追回来，都在营中候令。众人得着这个令，都测度不出是何朕兆。停了一个钟头，张统制和黎协统立马到营，张统制平日本的不很到营的，今朝忽地坐马而来，晓得他总有很大事情。他到了营里，并不和我们讲话，径到机密房，一时各标标统也都应召而来。会议只得半个钟头，就传令出来，派我们巡查街道，凡有肩负洋伞、手拎皮包的，一律都要检查，搜着炸弹、洋炮，一应违禁东西，就把原人扣牢，解到营里，定记大功。我们接着这个令，只好各人按照所派的地段，各自出防，也不知究为甚事，查得那么严紧。临时出发，里头又传出令来，截发洋装的人不得轻易放过，姓名、籍贯、职业、住所，都要细细盘问，稍有不符，马上解进来。昨天日子上，被拿的人一总听说倒有十多个呢，日夜轮流，晚上镇镇一个全夜没有睡。"

振华道："无风作浪，我想总也不会的，统制究也不是三岁孩子。"

一鸣把快利枪往墙壁上一倚，坐下椅子，开言道："疲倦极了。"

振华道："到房里去睡一下子吧！"

于是，两人手搀着手，才到房里，还没有睡下，忽见妹子冠英匆匆进来，向振华道："姊姊，张妈回来说，大街上人家都哗说革命党进城了，快要打仗了。人家都抢着搬家，纷乱得不成个样子。"

振华道："你怎么起劲得这个样子？"

冠英一眼望见一鸣，笑道："姊夫几时来的，怎么我倒没有瞧见？"忽然道："门铃响吗？妈妈回来了，我瞧去。"说着，噔噔噔，奔下楼去了。

这时，丁零零，丁零零，门铃还响一个不住。振华道："我们妈妈是从后园门出去的，这推门的一定是个陌生人。"

说着，听得张妈开门声响，进来的是个男人口音。振华侧耳细听，只听那人问道："黄老爷在这里没有？上头传他去，有要紧话交代呢。"

一鸣道："惹厌得很，坐都没有坐定就来喊了。"

振华道："谅来总没甚事情，理他怎的。"

一鸣道："我去瞧瞧再说。"

说着，就起身下楼，走到客堂。见那兵士正站着和张妈两个讲话，一见一鸣，忙行一个立正礼。

一鸣问："营里没事吗？"

那人道："标统传老爷马上去听令。"

一鸣持枪在手，走到天井里，见振华倚在楼窗口，回头道："我去了。"

振华点了点头，眼看一鸣同着那兵士走出大门去了。

不言振华在家盼望，且说黄一鸣跟着兵士，排开步子，不多会子，早到营里。

兵士道："朱标统在西营房。"

一鸣迤逦走进，见标统、队官黑压压坐了一屋子的人。一鸣逐一见礼毕，内中一个洋装朋友很是面生，心里正想请教，只听标统吩咐，叫闭上营门。吩咐未毕，早有两个人动手把营门闭了结实。

标统起身道："在这屋里的众位，大半都是弟兄，兄弟也颇相信得过，现在有一件东西给众弟兄看。"

说着，就在袖子里拿出一大卷纸张来，展开一瞧，是洋洋洒洒一篇大文章。标统拓开两手，展开两端，叫众人瞧看。一鸣念道：

天运辛亥黄帝四千六百零九年八月，中华国民军政府檄曰：

昔我皇祖黄帝轩辕氏与炎皇同出于少典之裔，实建国于兹土，上法乾坤，乃作冠带，弧矢之利，以威不庭，南剪蚩尤，北逐荤粥，封国万区，九有九截。少昊、高阳继之，至于唐虞，分北三苗，海隅苍生，莫不循化。

夏商之世，王威不远，亦能保我子孙黎民，不失旧服。自周公兼夷狄，定九宇，四海之内，提封万里，旅鏊肃慎，无敢不若。衰周板荡，始有赤狄、白狄、九州、陆浑之戎，交捽诸夏，夷言被发，渎乱华俗，部落聚居，胜兵稀疏，亦财比于癣疥。

秦始皇帝，奄有海内，乃命上将，驱而致之河湟之外，始筑长城以阻匈奴。中夏清明，秦功为大皇。汉肇兴，则有平城之役。孝武赫然，锐意北伐，终绝大漠，勒石纪功于狼居胥之山，三世载德，威惮旁达，日逐呼韩邪单于，南向奔命，愿为臣妾。迄于新都季汉之世，胡祚世衰，边庭少事。

晋道陵夷，授权降虏。刘元海、石勒之徒，凭借晋威，乘时僭盗，则我中华之疆土，自是辐裂，五胡麇聚，甲覆乙起，江左建国，不出荆扬，然犹西殛姚泓，东诛慕容，徒以燕冀未靖，又资拓跋。崔浩魏收，腾其奸言，明朔方之族，出于黄帝。奸人王通，复以《元经》张虏，乃云黎民怀戎，三才不舍。由是言之，非虏之能，盗我中华，顾华人之耽于媚虏也。

天诱其衷，唐室受命，西戎、突厥咸服其辜，以中原之地，久陷索虏，任用将帅，胡汉杂糅，卒有安史之变。延及朱梁，沙陀内寇，石晋刘汉，世载其凶。宋承百王之末，疆域削迫，燕云诸州沦于契丹，金源继逆，播迁南服。遂启蒙古，宰割赤县，则我中华始丘墟为亡国。以民志未携，能贵其种，韩宋天完，扶义伐罪，卒统一于朱氏，衣冠礼乐，咸复其初。虽疆域之广，不逮汉家，挞伐所及，远逾宋氏。辨章种族，严于有唐，九边分卫，斥候相属，卫虏不能肆其毒，蒙古不能播其氛，边防之严，趣重西北，蕞尔东胡，曾不介意。乃使建虏雉兔，窜伏于其间，荐食沈阳，侵及关内，盗窃神器，流毒于中华者二百六十八年。

逆胡爱新觉罗氏者，女真遗丑，蘖芽东垂，蒙鱼为皮，使犬逐鹿。自以朱果之祥，发于神鸟，诱惑诸夷，肆其蚕食。昔在明室万历之初，跳梁作贼，父子就诛，凶嗣努尔哈赤，长恶不悛，世济其逆，我中华念其薔愚，不忍尽戮，因夷治夷，疆以戎索，则有龙虎将军之命。奴酋背诞忘德，恣其虐饕，职贡无时，东珠不入，盗我边部，旁及叶赫、尼堪外兰诸部，将率群丑，黄衣称帝。其子皇太极因袭便利，入据全辽。我中华亦有流寇之难，讨伐不时，将帅亟易，遂得使虏穷凶极恶，肆其驰突，外劫朝鲜，内围京邑，稔恶盈贯，亦陨其命。属以流寇犯阙，思宗上宾，多尔衮、福临父子，假称义师，盗有中夏。自弘光初元，迄于延平郑氏之亡，四十有一岁，冠带遗民，悉为虏有。以至于今，传嗣十叶，凶德相仍。

今将数虏之罪，我中华国民，其悉心以听。

昔拓跋氏，窃号于洛，代北群胡，犹不敢陵轹汉族，虏以要害之地，建立驻防，编户齐民，岁供甲米，是有主奴之分，其罪一也。

既据燕都，征固本京饷以实故土，屯积辽东，不入经费。又熔金巨亿，贮之先陵，穿地藏资，行同盗贼。故使财币不流，汉民日匮，无小无大，转于沟壑，其罪二也。

诡言仁政，永不加赋，乃悉收州县耗羡，以为己有，而令州县，恣取平余，其余厘金夫马杂税之属，岁有增加。外窃仁声，内为饕餮，其罪三也。

自流寇肆虐，遗黎凋丧，东南一隅，犹自完具，虏下江南，遂悉残破。南畿有扬州之屠、江阴之屠、嘉定之屠，浙江有嘉兴之屠、金华之屠，广东有广州之屠，复有大同故将，仗义反正，城陷之后，丁壮悉诛，妇女毁郭。汉民无罪，尽为鲸鲵，其罪四也。

台湾郑氏，舟师入讨，惧海滨居民之为乡导，悉数内迁，特申海禁。其后海外侨民，为荷兰所戮者三万余人。自以开衅中华，上书谢罪，大酋弘历悉置不问，且云寇盗之徒，任尔殄灭。自是，白人始快其意，遂令南洋侨民，死亡无日，其罪五也。

昔胡元入寇，赵氏犹有瀛国之封，宗室完具，不失其所。满洲戕虐弘光朱氏，旧宗剿灭殆尽，延恩赐爵，只以欺世，其罪六也。

胡元虽虐，未有文字之狱，自知貉子干纪，罪在不赦，夷夏之念，非可铲绝。满洲玄烨以后，诛求日深，反唇腹诽，皆肆市朝，庄廷鑨、戴名世、吕留良、查嗣庭、陆生楠、汪景祺、齐周华、王锡侯、胡中藻等，皆以议论自恣，或托讽刺于诗歌字书之间，虏遂处以极刑，诛及种嗣，展转相率，断头千数，其罪七也。

前世史书之毁，多由载笔直臣，书其虐政。若在旧朝，一无所问。虏以人心思汉，宜所遏绝，焚毁旧籍，八千余通，自明季诸臣奏议文集而外，上及宋末之书，靡不烧灭，欲令民心忘旧，习为降虏，其罪八也。

世奴之制，普天所无，虏既以厮役待其臣下，汉人有罪，亦发八旗为奴。仆区之法，有逃必戮。诸有隐匿，断斩无赦，背逆人道，苛暴齐民，其罪九也。

法律既成，即当遵守，军容国容，互不相入。虏既多设条例，务为纠葛，而督抚在外，一切以便宜从事，近世乃有就地正法之制。寻常私罪，多不复按，府电朝下，囚人夕诛，好恶因于郡县，生杀成于墨吏，刑部不知，按察不问。遂令刑章枉桡，呼天无所，其罪十也。

警察之设，本以禁暴诘奸，虏既利其虚名，因以自煽威虐，狙伺所及，后盗贼而先士人，淫威所播，舍奸究而取良奥，朝市骚烦，道路侧目，其罪十一也。

犬羊之性，父子无别，多尔衮以盗嫂为美谈，玄烨以淫妹为法制，西后那拉氏，面首之置，数逾三十，溥仪之母，且随淫伶以私逃，其他烝报，史不绝书。汉士在朝，习其淫慝，人为雄狐，家有麀鹿，使中夏清严之俗，扫地无余，其罪十二也。

官常之败，恒由贿赂，前世臧吏，多于朝堂杖杀，子姓流窜，不齿齐民。虏有封豕之德，卖官鬻爵，著在令典，简任视事，率由苞苴。在昔大酋弘历，常善任用贪墨，因亦籍没其家，以实府藏。盗风既长，互相什保，以官为贾，以法为市。子姓亲属，因缘为奸，幕僚外嬖，交伍于道，官邪之成，为古今所未有，其罪十三也。

毡笠绛缨以为帽，端罩箭衣以为服，索头垂尾以为鬘，鞅鞦璎珞以为饰。往时以蓄发死者，遍于天下，至今受其维縶，使我衣冠礼乐，夷为牛马，其罪十四也。

夫以黄神遗胄，秉性淑灵，齐州天府，世食旧德，而逆胡一入，奋然荡覆。又其腥闻虐政，著在耳目，凡有血气，宜不与戴日月而共四海。故自僭盗以来，朱一贵起于台湾，林清起于山东，王三槐起于四川，洪秀全起于广西，张乐行起于河南，其他义师，不可悉数。岂

69

实迫于饥寒，抑自有帝王之志！诚以豺狼之族不可不除，腥膻之气不可不涤，故肝脑涂地而不悔也。

今者民气发扬，黎献参会，虏亦岌岌不皇自保，乃以立宪改官之令，诱我汉民，阳示仁义，包藏祸心，专任胡人，死相撑拒。我国民伯叔兄弟，亦既烛其奸慝，弗为惑乱。以胡寇孔棘之故，唯奋起逐北，摧其巢穴，以为中华种族请命。幕府总摄维纲，辑和宗族，惧草泽之骏雄，良材鲜学，则自以为王侯同类相残，授虏以柄，或有兵威既盛，虏不能制，思寻明祖之迹，与比邻诸雄互相角夺。不念祖宗同气之好，日寻干戈，使元元涂炭。帝制既成，唯任独断，不可以保世滋大。又惧新学诸彦，震于泰西文明之名，劝工兴商，汗漫无制，乃使豪强兼并，细民无食，以成他日之社会革命。为是与内外民献四万万人，契骨为誓曰：自盟以后，当扫除鞑虏，恢复中华，建立民国，平均地权。有渝此盟，四万万人共击之。

呜呼！我中华民国，伯叔兄弟、诸姑姊妹，谁无父母，谁非同气？以东胡群兽，盗我息壤，我先帝先王亦既丧其血食，在帝左右，彷徨无依，我伯叔兄弟、诸姑姊妹亦既降为台隶，与牛驹同受笞箠之毒，有不寝苫枕块，挟弓而斗者，当何以为黄帝之子？唯革命之不可以已而不可以有二也，故有共和之政，均土之法，以维持于无极。事虽未形，规摹则不可以不闳远。唯我国民，恺悌多智，以此告勉，庶几百姓与能。迩来军中之事，复有约束，曰毋作妖言，毋仇外人，毋排他教。昔南方诸会党，与燕齐义和团之属，以此三

70

事，自致不竞。唯太平洪王之兴，则又定一尊于天主，烧夷神社，震惊孔庙，遂令士民怨恚，为虏前驱，唯是二者，皆不可以崇效。我国民之智者，则既知引以为戒，其有壮士，寡昧不学，宜以此善道之，使知宗教殊途，初无邪正，黄白异族，互为商旅，苟无大害于我军事者，一切当兼包并容。有违节制，悉以军律治罪。又我汉族仕官于满洲者，既实同种，岂遽忘其祖父？徒以热衷利禄，受彼迫胁，人亦有言，满堂饮酒，有一人向隅而泣，则举坐为之不乐。幕府张皇，六师神武不杀，虽蚍蜉蚁子，犹不妄戮，况我同种，而当迫害。念尔缙绅，及尔介胄，既污伪命，如彼赤子，陷于深谷。尔虽湛溺，尔心肺督脉犹在。尔亦念往者，胡人入关，陵暴尔祖尔父，斫头屠肠于绝蹲之野，尔室毁破，尔朝摧夷，尔墓掘穿，尔先妣与诸母、诸姑，亦有污辱。

　　我政府肃将天讨，为民理冤，以为有人心者，宜于此变。若能舍逆取顺，幡然改图，有束身归命，及以一城一垒迎降者，任官如故。若自忘其本，为虏效忠，以逆我大兵之颜行，一遭俘虏，或得赦宥，至于再三，杀无赦。其为间谍者，亦杀无赦。又尔满洲胡人，涵濡卵育于我中华之区宇且三百年，尺布粒米，何非资于我大国？尔自伏念食土之毛，不怀报德，反为寇仇，而与我大兵旅拒，以尔四体，膏我萧斧，尔抚尔膺，尔谁怨？若自知不直，愿归部落，以为我中华保塞。建州一卫，本尔旧区，其自返于吉林、黑龙江之域，若愿留中国者，悉归农牧，一切与齐民等视。唯我政府，箫勺群愿，淳化虫蛾，有回面内向者，怀柔以体，革其旧染，选举租赋，必不使尔有倚轻重。尔若忘我汉德，尔乃盗边，尔名马大珠不入，尔恶不悛，尔胡人之归化于汉土者，乃蹀足謷歒，与外胡响应。幕府则大选将士，深入尔阻，犁尔庭，扫尔间，遏绝尔种族。幕府则建筑尔尸，以为京观。如律令，布告天下，讫于蒙古、回部、青海、西藏之域。

众人瞧过，有懂得的，有懂不得的，默默相对，并没一人开发议论。只见标统问众人道："众位弟兄，都明白了没有？"

众人回说："都明白了。"

标统道："赞成吗？"

众人齐声："赞成。"

标统道："哪一个不赞成，就请他吃我枪弹子。"

欲知后事如何，且听下回分解。

第三回

武昌城民军起义
总督署大帅割须

话说标统说完话，就见那面生的洋装朋友站起身，绰出一方小白旗，上写"光复"两字，向大众一挥，开言道："众位同胞，须晓得现在时光，'赞成'两个字不是轻易说得的，一说出口，那'光复'两字的重任就掮在肩头上了。大家都须努力，有一个人不努力，就要败坏全体，光复的前途，就都败坏在这一个人手里。"

众人尽都拍手。忽见一人越众而出，质问标统："同志就这几个人吗？还是别处还有？"

标统道："这个话现在且不能回答，总之只要同心协力，人数多少，可不必问得。当初十乱兴周，一成复夏，就是清朝崛起，也只得十三个人呢。"

那洋装朋友又向众人道："同志诸君听着，散会后，各归各营，依旧照常办事，但听口号到来，即便起事。倘有效忠满奴，露泄消息者，我们不论用何等手段，或是明杀，或是暗杀，总要伤掉他的性命，灭绝他的子孙。"

众人应诺。

洋装朋友道："起事口号是'九十九'三字，同志们听了口号，就各用白布一方，扎缚在左手袖口上，率队出营，听候号令。"

标统随令散会，黄一鸣跟随大众，各自归营，潜约同志暗暗准备，擦掌摩拳，但等标营口号。暂时按下。

却说湖广总督瑞澂，表字莘儒，满洲人氏，自上海道逐步推升，做到湖广总督，也非一朝一夕之功。瑞莘儒没有发迹时光，曾经投入过念秧党，在上海破过一回案，被会审公堂，拿问枷责，游街示众，直到他做了上海道，才把那案子吊来销去。瑞莘儒运动手段，本系头等，好来好去又是满洲人，不到几年，竟然爬到总督的位子。十五那天，连接两个密码电报，晓得有大股革命党，到武汉一带来密谋起事，立派巡捕，传司道上辕议事。一时藩台、臬台、首道、巡警道先后上辕禀见，就在签押房会议了一会子，决定办法，无非"严防紧搜"四个字，于是省城里顷刻戒严起来。巡警道传谕各警局，加派马巡，各路梭巡，站岗的巡士也加派了双班，新军总制张军门传令新军，擎枪备警。各城门都派有宪兵，先后拿到形迹可疑的人三四十名，大半都是没辫子的，解到总督衙门，瑞制台就传臬台马吉樟、盐道黄祖徽、首府赵毓楠、首县李曾麟进衙会审，审判定当，尽数收禁。

内有三名，传出令箭，叫绑赴法场斫掉。当夜就拟一个电稿，打到京里去报告。瑞莘儒十分得意，私念广东李提台，靠擒杀革命党功劳，得着一件黄马褂，我这会子事情虽没有他做得那么大，只要装点子上去，件把黄马褂怕也能够巴结得到。回到上房，面孔上很露出得意的样子。

姨太太瞧见问道："老爷碰着了什么事情，直恁地快活？"

瑞莘儒道："你问我吗？我老爷不日就要升官了，你听了喜欢不喜欢？"

姨太太道："老爷做到了制台，再升上去做什么呢？制台不是已经极品了吗？"

瑞莘儒笑道："做官做到制台，果然没有再比他大的了。但是，皇恩浩荡，还有黄马褂、三眼翎、宝石顶、紫缰等许多荣耀东西，作兴也弄着件把。"

姨太太道："照这么说，是老爷把人家性命，调换皇上家几件赏物了？"

瑞莘儒笑道："那班人本底活不耐烦，好好的日子不要过，定要谋反叛逆。我就不杀他，也是有人出来杀他的。"

姨太太道："老爷也开保案吗？"

瑞莘儒道："那是总要的。"

姨太太道："我有一桩事情，恳求老爷，求老爷总要答应我。"

瑞莘儒道："又有什么题目想出来了？你这个人很难相与。"

姨太太道："我连这一回，不过是两回，老爷就要说出那么不愿意的话。像三姨太，哪一遭保案不开上三五个名字？老爷像奉着圣旨似的，诺诺连声，从不曾驳回一回过。她也是个人，我也是个人，为甚独独要欺负我？"

莘儒道："你又要吃醋了。三姨太也这么，大姨太也这么，我是从没有轻重的。"

姨太太冷笑道："没有轻重，承情承情，只恐我福薄，当不起呢。"

莘儒道："不必多讲了，你有什么人，尽管说出来，开起保案来，总替你带上一笔就是了。"

75

姨太太回向仆妇道："快拿笔砚来。"

仆妇方欲去拿，早有一个值上房的俊俏跟班把文房四宝捧了过来，瞧着姨太太，露出欲言又止的样子。

姨太太道："还不替老爷磨墨，贼忒嘻嘻做什么？"

跟班趁势打一个千儿道："老爷、姨太栽培，可否把小人名字，保折上头也带上一笔？小人家里头还有个老娘，小人有了个官衔，让她老人家也喜欢喜欢。"

莘儒道："小根，你不是保过两回了吗？为甚还不知餍足？"

小根又打一千儿道："老爷、姨太恩典，小人也不敢望什么，只要弄到个参将衔，已经快活死了。"

莘儒道："参将衔，好说得容易，那是朝廷三品大员呢。"

姨太太道："管甚三品四品，横竖是皇上家东西，不过费掉你一句话罢了。小根在上房当差，还算巴结，你就允许了他是了。"

莘儒道："依就依你，只不过太便宜他了。"

小根觉乖，跪下地连叩三个头，叩谢老爷、姨太天恩。莘儒执笔在手，第一个名字就开了小根，停着笔回头问姨太道："谁呢？快说快说！"

姨太太道："恁地要紧，我还要想起来呢！"

莘儒道："你想吧，我要去过瘾了。"

姨太太道："我已想出来了，德馨、瑞龄、富禄、寿祥，就只四个，没有了。"

莘儒道："怎么都是咱们旗人？"

姨太太道："那都是自己人，不是弟兄，就是亲戚，投了来好多年，一点儿红点子没有见过，我也无非可怜他们罢了。"

莘儒皱眉道："瑞龄这孩子，会走到你的脚路，运动手段，真也不小。"

姨太太道："什么运动？我和他面都没有见过一回。"

莘儒道："你一个人就开了四个名字，叫我如何应酬得转？"

姨太太道："三姨太开了七个名字，没有嫌多，我才说得四个人就嫌多了。本底我也太不自量，我如何好与三姨太比较？"

莘儒道："不庸多讲，依了你就完了。"

一时写毕，就喊小根，吩咐道："你拿去交代沈师老爷，叫他都在异常劳绩里头填上。"

小根应着自去，一会子报说："巡捕何老爷候着回事。"

莘儒道："进来。"

何巡捕闯进上房，回说："巡警道常大人禀见，说有紧急公事回大帅。现在官厅等候。"

莘儒道："叫他到签押房坐着，我马上就出来。"

何巡捕应了两声"嗻"，见莘儒没甚别的话吩咐，才慢慢地退了出去。莘儒躺下烟榻，姨太太躺在下手，把烟连吸五六袋，又养了一会子神，才哈欠起身，踱出签押房来会客。

此时，常道台已等得个不耐烦了，一见莘儒，连忙打恭相见，回道："职道又捉着三个革命党，特来请大帅的示下，还是问一堂呢，还是押着？"

莘儒听了，面孔上顷刻露出不高兴样子，开言道："老哥真太小心了，我道是什么事，三个两个革命党都要烦起兄弟来，兄弟也没那许多精神。既然捉住，老哥就自己问问，押一夜，明天再回兄弟也不迟。"

常道台道："职道也有个下情，这三名革命党可不是寻常之辈，都是党里头很重要人物。职道问过一堂，关系本省前途，很是重要。"

77

莘儒道："什么重要不重要，城里守有重兵，街中巡查严密，兄弟不是夸句大话，城里头的布置，差不多天罗地网，革命党就个个插翅，也难飞入。"

常道台道："兵士果然不少，设或一旦有警，不为我用起来，那不是患生肘腋，祸起萧墙吗？"

莘儒道："没有的事，张军门是文襄公选拔的人，总不会差到哪里去，就是协统黎元洪，也是个忠厚朋友。你老哥胆子真也太小了。"

常道台再要回话，忽闻外面脚步声乱得要不得，好似三五个人争着奔跑一般。莘儒好生诧怪，正想出去瞧看，门帘启处，一个巡捕慌慌张张进来，见了莘儒，也不行礼，才喊得"大帅"两个字，顿口结舌，慌得半个字都说不出口。瞧他面色，白里泛青，青中带黑，竟和纸钱灰差不多样子，晓得是骤吃大惊唬，唬得这个样子的。

莘儒倒也一呆，忙问："见了鬼吗？"

那巡捕顿了好半天，才挣出一句来，道："大帅，不……不……不好了，革命党杀进来了，杀进来了！"

莘儒慌道："在哪里？在哪儿？"说着，便想逃走。

还是常道台有点子见识，开言道："大帅是一城之主，慌不得的。大帅一慌，全城大事休矣。"

莘儒急道："你老哥好说得风凉话，我要不走，城池未必保得住，这条老性命却稳稳送掉了。"

常道台道："大帅高见极是，但总也要问一个仔细。果然革命党杀到衙门里来，本署卫队不能抵御，再行三十六着的上着也不晚呢！"

莘儒听说有理，遂回头问巡捕道："革命党现有多少？都在

78

哪里?"

那巡捕道:"大帅不信,可自己去瞧看,怕都怕死人,怕都怕死人。这会子正和三十标旗兵相杀呢,砰砰砰砰,洋枪大炮,打得像放鞭炮一般。"

莘儒慌得没作道理处。

常道台道:"大帅快打德律风,关照张总制,叫他速来防护。"

莘儒道:"兄弟心里乱得要不得,奉托老哥替我代打了吧!"

忽见跑上房的小根奔进来道:"太太、姨太太得着此信,急得什么相似,现在都在上房哭泣,请老爷快点子进去。"

莘儒听说,不及照顾常道台,三步并作两步,急急奔进上房。只听一片哭声,摇山震岳,宛如死掉人似的。莘儒心里一急,绊住门槛就是一跤。丫头子、老妈子见是老爷,慌忙赶来搀扶,小根随后也赶到。

太太和众姨太见了莘儒,都道:"老爷来了,这事如何处置?"

莘儒两手一摊道:"有甚处置,真真不得了,大家一走就完结了。"

太太道:"走向哪里去呢?我是从来没有出过门,横街直路,一条都没有认识。"

大姨太指三姨道:"你是不要紧的,可以不庸逃得。"

三姨太道:"为甚不庸逃走,我难道不是性命吗?"

大姨太道:"革命党专和咱们旗人作对,你是汉人,他们认作同胞的,逃走做什么?"

三姨太道:"旗人、汉人,面孔上又没有字写出。"

莘儒跳脚道:"现在是什么时候,你们还争论这种没要紧的话,保得住大家太平就好了。"

说着,巡捕官进报:"张军门到了,请大帅出去商量防守事宜。"

莘儒此时宛如热灶上蚂蚁钻来钻去，一点儿主见都没有，听报张军门到了，衣帽都不及穿，跟着巡捕就走。一见张彪，兜头就是一揖，开言道："虎臣兄，兄弟阖家子性命全仗大力拯救。"

慌得张彪还礼不迭，连说："大帅不要慌，同官同城，彼此都有责任，哪有不尽力之理？"

莘儒道："我兄此来，共带多少兵士？"

张彪道："只本标卫队六百名，大事不好呢，工程队、炮队、三十一标兵弁，都反叛了，请大帅速定剿抚方略。"

莘儒道："虎臣兄，我现在方寸已乱，一应事宜，都费你老哥神吧！"

张彪道："那是大帅的权柄，如何敢擅夺？"

莘儒道："怎样调派呢？我也没作理会处。"

说着，忽听外面人声鼎沸，巡捕飞报："革命党杀进来了！"

张彪不及回话，飞奔而出，喝令卫队站队出迎。一声令下，六百名兵士一个个擎枪在手，张彪令二百名伏在两廊，一百名守住后门，三百名分作十排，开步向前。才到辕门，只见革命军飙风骤雨般卷将来，灯球火把照耀如同白日，为首一面白旗随风招展，大书"光复"两个大字。张彪兵士望见那股勇锐之气，不觉早有点子心怯。张彪喝令开枪，卫队擎枪施放，啪啦啦啦一串响声，宛似贯珠一般。革命军听得枪声，忙都爬伏在地，哪里知道卫队的枪只有声响，没有子弹。原来仓促出队，不曾备带齐全。

革命军回枪还敬，倒个个都是实弹，那枪子像飞蝗般扑将来。赤手空拳的六百名卫队如何抵敌得住？不待军令，早全都退下来了。张彪弹压不住，只得随众奔逃。

这时光，瑞莘儒早和姨太太等穿着齐备，把所有金珠首饰好携带的，尽数扎缚在身上，只等消息不好，即便举足奔逃。

瑞莘儒有个奏折老夫子，名叫札乙乾的，也是个满洲名士，当下见莘儒预备逃走，就道："东翁是国家世仆、朝廷重臣，主子的恩典，派在这里做官，责任也很不小。革党一起，马上就逃，国家法律，总督弃城脱逃，是要斩立决的。"

莘儒道："这一层我也料到，所以特喊张彪前来保卫呢。打平了革命党，调度之功，自然总是我第一名。有甚不是，只要在他身上一推，好来好去，咱们是旗人，他是汉人。"

宾主两人正在讲话，忽接警报："火药库、军械所都被革命军占去，大号机关炮夺去七尊，这会子革命军把机关炮架放在蛇山顶上。"

莘儒目定口呆，不知所措。忽又飞报："张军门大败，卫兵四散，革命党冲进来了，大帅快快准备。"

莘儒向札乙乾道："老夫子作速逃生吧，兄弟准备久矣！"

一溜烟闯进上房，只听外面喊声大震，齐道："拿住瑞澂的，赏银一万！拿住瑞澂的，赏银一万！"

莘儒唬极，屏住气，挨到上房。只见跟班、老妈子等都在抢夺东西，箱笼物件七横八竖，乱摆了一地。依旧是这间上房，不知怎样，就呈露出凄凉景象来。莘儒也没工夫管理那些事，急问太太、姨太太等都到哪里去了。众人要紧抢夺东西，没一个理会他。

莘儒跺脚道："你们这起没良心奴才，老爷我得势时光，吮痈舐痔，恭顺得要不得。一朝临了难，就丢掉我不管，各自干各事的去了。恨不把你们这起狼心狗肺剖开来瞧瞧，到底怎么一个生法。"

忽见小根从人丛里奔出来，拖住莘儒的手道："老爷好自在，现在是什么时光，还在这里跺脚骂人？你那些东西，革命军一跨进来，眼见都是别人家的，我劝你落得做一个春风人情，你一个儿搬又搬不完，拿又拿不掉，白白痛心它做什么？劝你老人家还是见机点子吧，革命军出一万银子赏格捉拿老爷呢，我们几个人并不是不愿意发财，就不过念及前情，心里头不忍罢了。别要激得众人发起火来，你老人家究竟没甚便宜的。"

莘儒道："你的话说得很是有理，只是我老爷心里不知怎样，总情愿送给革命党，不愿赏给底下人。"

小根道："事到如今，也由不得老爷了。"说着时，喊声愈加逼近。

小根催道："老爷快走吧，这会子不走，以后要走，怕也不成功了。"

莘儒慌得路都没处跑，要出后门，反向前面奔去。恰恰撞着何巡捕，一把拖住道："大帅，前面去不得，革命党都在搜捕大帅，那不是自投罗网吗？"

莘儒回身向后，走不到三步路，又被何巡捕拖了个住，低言道："老爷就这么逃出去吗？革命军都是新兵，老爷的尊容他们都已认识。现在城门口都有革命军把守着，撞在他们手里还有幸吗？"

莘儒急道："要我换掉面孔，我又不晓得易容术。"

何巡捕道："要易容也不难，老爷这几根胡子一剃掉，谁还认得出？"

莘儒道："急难当口，哪里去唤剃头司务？"

何巡捕道："只要有剃刀，卑职也还效劳得来。"

莘儒道："抽屉里有是有一把在，不知这会子在着没有。"

回身进房，抽开抽屉一瞧，雪亮的剃刀幸喜还在，于是拿了出来。何巡捕找不着热水，就用冷水蘸了个透，接过剃刀，像刮猪毛似的替他刮了个干净。

忽闻喊声四逼，何巡捕道："不好了，快走吧！"

欲知瑞莘儒性命逃脱与否，且听下回分解。

第四回

瑞制台黑夜走兵轮
札师爷急中生巧智

话说瑞莘儒刚刚割掉胡子，后面喊声大起，革命党已冲进来了。何巡捕丢掉莘儒就跑。

莘儒溜进后园，心慌意乱，急急如丧家之犬，忙忙如漏网之鱼，见园墙脚边穿有一洞，范围广狭，和狗洞差不多，光景就是太太、姨太太逃命的宝路。莘儒此时真是急不择路、饥不择食、贫不择妻，望准狗洞就是一钻，幸喜墙外没有革命党。这时光更深夜静，店铺都已关闭，莘儒独自一人徘徊四顾，正不知向哪条路去好，忽见西北角上一队兵士飞奔而来。莘儒大喊："我命休矣！"唬得几乎跌倒，瑟瑟瑟瑟瑟瑟，牙齿和舌头只顾厮打，那身子就像一条弓，躲在廊沿下，嘴里乌糟白嚼："菩萨爷爷救命，十万卷经，五十堂忏，保佑保佑。"

那队兵士风一般迅疾非凡，霎时已到，只听一人道："那不是瑞大帅吗？"

莘儒不敢答应，又听一人道："不错不错，哪里没有找到，原来却在这里。"

声音异常熟悉，张眼瞧时，大喜过望，原来就是本署卫队。

队长道："太太和众姨太出城去了。"

莘儒道："城门口还好走吗?"

队长道："妇女们还好,现在革命军正在攻打藩台衙门。"

莘儒心里一松,向队长道："事到临头,大家只好辛苦点子,保卫本部堂安然出险,总忘不了众位大功,总要专折保奏,一个个都是异常劳绩。"

队长道："我们当了卫队,保卫大帅,分内之事,不敢邀什么保奏,只求大帅平时体谅我们点子,就受用不尽了。"

莘儒道："从前的事情不必提起,总是我识见不明之故。此番逃得性命,倘不把你们自家人相待,月亮爷爷在上,定罚我做个万代乌龟。"

于是卫队拥着莘儒,向东转南。才走得百余步,忽见灯球火把势若长蛇,一支兵风一般地来,为首一人,相貌堂堂,威风凛凛,佩刀军服,袖缠白布,尊严得天神一般。高喝一声:"站住!"

众兵士擎枪注视,势将击射,数十名卫队骨头都几乎唬酥,莘儒更唬得魂不附体。原来来者不是别人,正是协统黎元洪。

莘儒跪下叩头哀告道："瑞澂只身出走,狼狈已极,望将军怜念昔日之情,免我一死。"

黎元洪回顾众兵士道："你瞧这厮,这么的不要脸,清朝用这种人做总督,怪不得要灭亡呢!"

回转头来喝道："贼满奴,你们也有今日吗?像你这种卑鄙无耻,就斫掉也不值什么,只是民军起义,全为拯救生灵,你这厮总算没有逆命,放你出城,譬如放掉一只鸡犬。"言毕,喝声:"走吧!"

莘儒得了命,爬起身,抱头鼠窜而去。时人仿陶渊明《归去来兮辞》体，作《逃去来兮辞》一篇，专指莘儒逃走事也。其文道：

逃去来兮，枪炮将及胡不逃？既自以身为守吏，奚狼狈而若斯？幸前途之不阻，惧后来之将追。实出衙其未远，觉逃是而守非。心摇摇以轻飏，步急急而抠衣。问更夫以前路，喜晨光之熹微。

乃开脚步，载惧载奔。草木惊心，挨出城门。三街六弄，告示犹存。携银满篋，土皮暂吞。摩顶戴而自拉，见救星以怡颜。伏艨艟以暂度，匿租界以偷安。室日闭以成闷，门虽设而常关。觅壁隙以偷觑，时缩首而微窥。云无心以入岫，鸟惊弓而知逃。影翳翳如来捉，抚头颅而盘桓。

逃去来兮，请隐姓而埋名。敌忘我而相遗，复他处兮焉求？惊朝廷之谴责，借嫖赌以消忧。探子告余以消息，将有可以出头。或事运动，或加请求。既逍遥乎河上，且安乐而过秋。事寂寂将无闻，影渐渐以转头。笑他人之遭难，喜吾命之尚留。

已矣乎！寓形宇内复几时！曷不囊金归去休？胡为乎皇皇欲何之？富贵偿吾愿，帝乡还可期。幸当日之逃命，得田产而留遗。立史传以欺世，夸爵第以炫时。任万人之唾骂，乐乎寿终复奚疑！

莘儒逃出城门，天已大亮，幸喜无人盘诘。遥望江心，见泊着几只大号兵舰，龙旗招展，知是萨镇冰所辖的海军，忙着招手喊救。忽闻背后喊声又起，慌忙回头，见一簇人，足有百十来个，一窝蜂拥将来，暗道："这番性命必定休矣！"等到走近，才知都是逃难旗人。旗人诉说城里革命军专和咱们旗人作对，不论男女老幼，搜着了尽都处死。衙门已有三五处起火了。

莘儒跌足叹息，仰望城中，果然烈焰冲霄，红光四溢。此时兵舰上放下来的小舢板船已到，莘儒忙着下船，渡到兵舰，瞧那群避难旗人时，兀自在江干延望。自喜道："幸得我做了总督，兵舰上放船相迎，不然，不是和他们一般吗？"

这时候，兵舰管带已到舱面上来迎接，接进舱中，管带先禀说："省城事变，知是知道的，未奉军令，不敢擅行上岸。"

莘儒道："仓促变起，你我都不是仙人，谁又能预先知照，谁又能急切赴援？只张虎臣这厮最为可恶，练了十来年新军，临了，一点子用场没有。轻轻易易放他过去，天下也没这个道理，有笔墨吗？我欲拟一个电报底稿。"

早有当差的捧上文房四宝，管带知趣退出。莘儒侧转头，构思了好一会儿，拟就一稿，就兵舰上差个人拿到电局去拍发。管带又进来陪话，并请制军过那边去用饭。

莘儒叹道："我一个身子，靠管带保护之力，总算平安无事，只是全家失散，妻妾儿女都不知哪里去了。"

管带道："太太、姨太、公子、小姐等已差人四出去访查，不日就要查着，团聚的日子总也不远呢。"

一时吃过饭，那差去拍电的已经回来，报说："这电稿刚刚拍毕，革命军就来，现在电报局是革命党的了。"

莘儒道："总算还好，迟一步可就糟了。"又向管带道："船里头可有文案老夫子？我要费他神作一张奏稿。"

管带回说："有，有。"随向当差的道："快请苟师爷过来。"

一时来了个骨瘦如柴、三十多年纪的人，身上穿一件灰色斗

87

纹布夹襦，青呢马褂，戴一副玳瑁边近视眼镜。一见管带，除掉眼镜，口称东翁。管带介绍道："这位就是两湖督宪瑞制军。"

荀师爷连忙打恭相见。莘儒敷衍了几句，就道："想费老夫子神，起一张奏稿，不晓得有暇没有？"

荀师爷连说："空得很，空得很。"

莘儒把奏折的大意约略说了一遍。

荀师爷道："据晚生意思，须拍古名臣奏表调头，拟他一篇，制军看是如何？"

莘儒道："悉由大裁是了。"

荀师爷告辞退去。莘儒依旧和管带两个闲谈解闷。

莘儒道："咱们旗人待到汉人，厚泽深仁，真是再要好也没有了。不要说别的，就像兄弟在这里做制台，一省之内，总算威尊无上，然而有地方绅士进来谒见，我总叫他炕上请坐，待以宾客之礼，你想好不好？京里头王公大臣是何等尊贵的人，然而士庶请他书写匾额对联，落起款来，总称人家仁兄大人，你想好不好？怎么这革命党都是油蒙了心肺，谋反叛逆，无法无天。"

说着，派进城去打听的那人早已回来，报说："银元局总办宝公馆，关紧大门，不肯开放，革命军攻打不进，拉了两尊大炮就要开放，宝大人唬得要不得，连忙摆设香案，开门跪接。革命党恨他穿着衣帽，兜头一脚，把顶子、翎毛尽都踢掉。宝大人还自己喊着名字道：'宝荣该死，宝荣该死！'引得革命党一个个都拍手大笑呢，后来，总算没有斫头。最好笑是营务处的德馨德大爷，剪掉了辫子，戴了顶洋帽，带领家眷逃出城来，才到城门，就被守城兵士扣住，问他哪地方人，德大爷回说姓黄，名德咸，江南松江人氏。守城兵道：'听尔口音，很不像南方人。'德大爷回说：'一径跟随父亲宦游在京里头，所以带着北方口气。我父亲

88

也被旗人所害，一径要报仇，一径没有机会，难得诸君起义，排满兴汉，我兄弟快活得什么相似，很愿出来帮一把忙。无奈女人家十分胆怯，住在一块，带手带脚，许多的不方便，索性送了她们回去，长手躺脚，好干事情。'守城门的只当是真话，就放了他出城。"

莘儒听毕，暗忖：德馨这小子心思倒灵动，会得剪发割辫，冒充汉人，一泡鬼话，连革党都骗得相信。

忽见苟师爷欣欣头头走进舱来，手里拿着一张纸，向莘儒道："奏稿已经拟就，依照诸葛亮《前出师表》体裁，可用不可用，尚希制军大裁。"

莘儒接来一瞧，只见上写道：

> 臣澂言：先帝更新未半，而中道崩殂，今鄂省变乱，武昌失守，此诚危急存亡之秋也。然治兵之臣谋叛于内，革党之士潜来自外者，盖怀种族之深心，欲切齿于陛下也。诚宜赶练旗官，以彰皇族之盛，恢宏八旗之气，不宜妄自贬损，下诏罪己，以惑佞臣之说也。
>
> 优胜劣败，天演公理，满主汉奴，本有异同。若有谋为不轨潜来辇下者，执付有司备极五刑，以彰陛下声灵之治，不宜仁慈，使奸宄得志也。
>
> 海陆军大臣萨镇冰、荫昌等，此皆良实，志虑忠纯，是以贤王简拔以维社稷。愚以为行军之事，事无大小，悉以咨之，然后施行，必能恢复武昌，诛残革党。
>
> 提督姜桂题，秉性刚强，晓畅军事，试用于昔日，先帝称之曰能，是以众议举姜为督。愚以为攻战之事，事无大小，悉以咨之，必能使将士同心，调遣得所也。

手长矛，肩大旗，此绿营所以无敌也；居移气，养移体，此征兵所以多骄也。臣在平时，每与张彪论之，未尝不叹息痛恨于新军也。贝勒载洵、贝勒载涛，此悉嫡派贵近之臣也，愿陛下亲之信之，则我朝之隆，可计日而待也。

臣自少年，托足沪江，偶因横行于租界，遂悬肖像于工部。先帝不以臣卑鄙，屡蒙拔擢，遂命臣于沪江之滨，援臣以海关之道，由是心焉窃喜，日逐马路以驰驱。后值升迁，超授以总督之职，开府于湖广之间，尔来已二三年矣。

朝廷知臣庸才，故百计置臣于中土也。受命以来，夙夜忧虑，恐治绩不彰，以伤朝廷之明，故严拿革命，多所杀戮。今猝然变起，心胆俱碎，当身先三军，奔归楚豫，庶延生命，尚见天日，不为小谅，自经沟渎。此臣之所以报先帝而忠陛下之职分也。至于堵绝黄河，进攻汉口，则荫昌、萨镇冰之任也。

愿陛下怜臣有衣锦还乡之许，不许，则宽臣之诛，以盖后世之羞。若无讨贼之功，则责荫昌、萨镇冰之咎，以彰其慢；陛下亦宜自谋，以咨诹善道，擢用旧臣，深追新政遗祸，臣不胜受恩感激。

今当逃遁，临表涕泣，不知所云。

莘儒瞧毕，拱手称谢，连说："费心得很，费心得很。"
苟师爷道："其中有不妥的地方，尚希裁酌。"
莘儒道："很好，很好，不庸改得，就照这么誊写是了。"
两人正在谈话，一个水手闯进舱来报说："不好了，汉阳府

90

城失掉了，钢铁厂也被革命军占了去。"

莘儒骂道："也值得这般大惊小怪？横竖是盛杏生产业。"

苟师爷听了诧异，问道："制军的话是怎么个意思，钢铁厂不是军械重地吗？"

莘儒笑道："那都是盛杏生本钱，干我甚事？我做总督，难道专替他看守家产的吗？"

苟师爷道："汉阳城池总是皇上家地皮。"

莘儒道："皇上城池很多，失掉个把城池，宛如牯牛身上拔掉一根毛，碍了什么？"

说着，管带进舱报说："制军宝眷，探得已在汉口租界上，是昨夜坐小轮渡过江的。"

莘儒道："这么我也要汉口去了，一来见见他们到底在不在，省得心牵意挂；二来各国领事都在那里，且探探他们意思。长江里头停泊的外国兵船，很是不少，只要他们肯答应借个一两支兵，个把武昌城，何难立刻扫平？好来好去，领事和我都是很有交情的，这点子小事，总还不至于作难。"

管带道："那么我们启碇吧！"说毕，就吩咐启碇。

汽笛呜呜，船行如箭，何消片刻，早已抵岸。管带先差一个人上岸，打听帅眷究在哪里，那人应令而去，一霎时回船缴令道："瑞帅眷属都在英租界大方栈，打听得明明白白。"

莘儒立刻上岸，坐马车到大方栈，见太太、姨太太等都在，乱离中骨肉重行团聚，快乐之情，自不必说。

莘儒向众姨太道："咱们几个人总算都是死里逃出来的。"

太太道："你还开心呢，小莲失散了。派人寻了一夜，直到这会子，依旧不知下落。"

莘儒道："横竖不是咱们的人，失掉个把也不要紧。"

91

太太向姨太道："你瞧他不是疯了吗？自己亲生的女孩子，倒说不是咱们的人。"

莘儒道："说我疯，你自己才疯了呢！女孩子左归右归，总要嫁给人家去的，怎么好算自己人？"

忽听隔壁间砰的一响，接着道："革命党此番大为我们增光，我们汉族，被满洲专制政府压制了近三百年，这一会儿，万众一心，事情总可以成功的。从此脱离羁绊，得享自由，正好过太平日子呢。"

莘儒听那声音熟得紧，就从板壁缝里一张，不是别人，正是自己的师爷札乙乾，不觉心中暗笑，开言道："札先生，你充得很像，连我也几乎被你瞒过。"

札乙乾回头四顾，面孔上很露出惊诧的样子。莘儒折过隔壁房，札师爷惊道："怎么东翁也在这里？"

莘儒道："难道只许你来，就不许我来吗？"

札师爷道："东翁倒还这么快活！"

莘儒道："自然快活，不快活倒叫我哭泣不成？"随又道："别说玩话了，人家和你要商议正经事情呢。"

札师爷请莘儒坐下，问他何事。莘儒告以城丧身走，惧干严谴，想去和外国人借兵，你瞧行不行。

札师爷道："那有甚不行？从前李鸿章打长毛，不是也用过洋兵吗？"

莘儒本底没甚学问的，条约公法，叫他如何会晓得？当下听了札师爷的话，就坐马车到一国领事衙门拜会，哀求拯救。各国领事却都不约而同地回答，齐说："不敢应命，如果要我们相助，总要有贵国大皇帝亲笔御书到本国政府里来，贵总督也想我们，做一个领事有多大的前程、多大的权柄。"

莘儒一团高兴赶了来，只弄得一场没结果。回到大方栈，家人回说："电报局才送一封电传上谕在此。"

莘儒拆开一瞧，得的处分还好，是"革职留任，戴罪图功"八个字，喜欢道："我晓得不要紧的，但是要我克复省城，真是造屋请了箍桶匠，我要有本领克复，就不会失守了。"

忽报常道台禀见。莘儒道："怎么省里头人都溜到这里来？英雄所见略同，古人的话说得真一点儿不错。"随叫请进。

常道台进来，倒还行着司道规矩，见过礼。莘儒问起外面消息，常道台回："消息不甚好，省里旗人死得十分凄惨，几个逃得性命的，都靠着机变，改扮洋装，冒充汉人。那男子只要剪掉一条辫倒也罢了，难来难去，就是妇女那双脚，真是没更改，汉人大半都缠足的，那可不是三天五天工夫做得到。有几家拼命模仿，拿了布条一层一层地裹，痛得要不得，又不敢高声哭泣，这苦楚真是有生以来第一遭。"

莘儒道："想来也是天数。"

常道台道："别的话不必讲，职道到任，一年都没有满，七王爷那里的京债，家丁们的带肚，并算弄来，总也有三五万花头，可怜一半都没有捞着，碰着这革命恶煞，本和利丢了个干净。大帅替职道想想，日后怎样度日？"

莘儒道："你还好呢，我这湖广总督，你替我算算，一年要进账多少？当初谋这个缺时，也花过二三十万银子呢。总之一句，国家的气数，你我的官运。"说毕，喟然长叹。

常道台道："汉口这地方也不见得稳当，职道主见，还是上海去混一时的好，那边究竟离战地远。俗语留得青山在，不怕没柴烧。乱离世界，只要逃得性命，平靖了，仍旧可以出来办事。"

欲知莘儒如何回答，且听下回分解。

第五回

黄队官力攻火药局
朱标统智取汉阳城

话说常道台与瑞莘儒谈论了一会儿苦境，彼此没法，只好付之一叹。暂且按下。

却说黄一鸣自那夜会议后，擦剑摩枪，时时等候口号。到十九那晚，才吃过晚饭，就听左右营房里"九十九、九十九"喊一个不住，知道口号到了，忙回喊了"努力"两个字，那也是暗号，是回报预备齐备的意思。说着，早把白布向左袖口绕定。营里众兵士都是隔夜预先说定的，一听口号，早不约而同，都把白布绕定。

黄一鸣把指挥刀一扬，喝令站队。全队兵士顷刻间成长蛇般一条，开营冲出，步伐一斩之齐。只见各营兵士蚁屯蜂聚，都在营房前那片草地上听候军令。黎协统亲自指挥，传令各标归各标，各队归各队。黄一鸣就令军士归回本标，依着标统口号而行。旋听标统喝令"立正，开步走！"一鸣督率本队发步前进，也不知行向何方，攻打何处，只知依照口令而行。到了转弯角上，上头传下令，叫向左转，就从左手转弯，向右转，就从右手转弯，一时已逼近火药库军械所，忽地传下一紧急命

94

令："第三队队长督同本队冲进局子去！"一鸣不敢怠慢，喝一个口令，带同兵士一窝蜂冲将进去。幸亏局子里守兵都已逃散，那几个逃剩的残卒一见革军，慌忙跪下叩头，口口声声："革老爷饶命，革大人开恩！"一鸣投枪大笑，晓得这几个都是可怜虫，杀掉他也很冤枉，遂道："你们不要怕，不必怕，须晓得本军政府起义，全为伐罪救民，绝不肯轻伤人命。你们既没有反抗，绝不来伤残你。"那几个残兵听了，都很欢喜，叩了两个头，就都爬起身来。

一鸣道："局官到了哪里去？"

残兵道："老爷们听得革大人人马进来，早打开后门逃走了。几个年轻当差的也都跟了去，只我们几个岁数大了跑不动，只好候在屋子里等死。哪里晓得大人们这么的仁慈，一个人都不曾伤。他们要紧逃走，晓得了恐怕懊悔都不及呢！"

一鸣也没工夫和他搭谈，闯进账房，先把各账翻阅一遍，随叫兵士前门后门都守住了。

忽见一个排长模样的人，手执黎协统令箭，飞奔而入，传令道："协统叫黄队长努力坚守，协统随派军队来接济。"

一鸣道："这里很安静。"

那排长道："协统探得三十标旗兵，晓得咱们专和旗人作对，拼命地杀来，火药军械都是行军命脉，作兴先来攻取呢。"

说着，枪声嚓啪，哗报："旗兵来了！旗兵来了！"

一鸣随令众兵士出门迎敌，二十个人分作两队，驰到墙角，遥望五六十个旗兵，像一群猛虎般咆哮而来。一鸣传令："伏倒！"众兵士齐都伏地，敌军枪弹飞蜂似的扑来，幸亏早已伏倒，一颗都没有打中，都从头顶上飞掠而过。旗兵只道没有防备，闯然径行。一鸣喝令："开枪！"排枪起处，声若贯珠，头排旗兵纷纷跌倒。一鸣见得了势，喝令军士追逼上去，排枪放一个不住。一鸣手下兵士拿的都是快利新枪，枪弹非凡猛烈，一阵射击，把旗兵杀得大败而逃，并不追赶，收队回局。回瞧二十个兵士，只有两名腿上中了枪弹，幸喜都不甚紧要。

恰恰黎协统派接应兵到来，统兵的队长叫宋子文，也是一鸣要好朋友，见这里没事，就要辞去。一鸣问外面事情怎样了，宋队长道："制台衙门已经打破，瑞莘儒已经逃走，现在正在盘查藩库。城里大事总算粗定，满清官吏逃的逃，拘的拘，降的降。协统命令，凡是汉族同胞，概免杀戮，城里头官府一个都没有了。"

一鸣道："电报、邮政两局都是交通机关，现在都怎样了？"

宋队长道："那倒没有清楚，我因为派在藩台衙门。"言毕，匆匆带队而去。

黄一鸣就叫军士把局里头枪械一一照账核对，部署定当，天已大明。黎协统派人传话，叫都到咨议局聚会议事。一鸣就把驻守事情交托排长代理，自己赴咨议局来，路上见队官、排长络绎不绝，都是赴会议事的，霎时行到。见咨议局外，高悬白旗，随风飘荡，一面写着"光复"，一面写着"兴汉"，都是北魏体字迹，十分气概，屋顶上高矗着三色九星旗，光景就是国旗了。门内人山人海，那片阅马场空地上，几乎挤了个满。

才跨进门，就听得拍掌声音，撼山震岳。只见朱标统站得高高的，在那里当众演说，大声道："众位兄弟听着，昨晚的事，蒙众兄弟同心协力，办了个成功，但是，光复的事情，堪堪是开首呢，以后南取荆扬，西掠川蜀，东定吴会，北扫燕云，责任一天天地加重。我们众兄弟万勿自满，须晓得武昌之于中国，真是弹丸墨子，比都不能比，较都不能较，并且武昌形势，处在全国的中心，八达四通，处处都能受敌，进取果然容易，退守必定灭亡。我愿众位兄弟，大家努力努力，齐以杀出去，把革命军范围一天天扩张开去。"

众人听到这里，又齐声拍起掌来，那股声势，真是风起水涌，山鸣谷应。

朱标统又道："众位兄弟，要晓得破坏是容易，建设是烦难，有了建设的预备，然后可以破坏，倘然专意破坏，全不为建设一方面打算，那便是无意识的破坏，便是草寇。今天邀集众位兄弟到这里，就为商议建设那桩事务，最最要紧，就是创立军政府，为光复军总机关部，一应事情，才有个着手处。兄弟意思，就在本城建立一个军政府，众位弟兄，赞成的请举手。"

众人听毕，齐齐举手，有几个竟然双手并举。

朱标统道："难得众位全数赞成，军政府是立定了，军政府里头，总要有主持的人，拟设一个都督、一行军务，统由都督主持。兄弟意思，就举协统黎元洪为都督，赞成的请举手。"

众人又齐齐举手。朱标统下场，接着黎都督登台演说，大旨谓元洪才疏学浅，怎敢当此重任，既承公举，不敢不勉为其难，以后一切施设，尚望众位指教，匡其不逮。又谓军人首贵纪律，我们光复军人，个个当遵守军律，成为有秩序的军人，词源泉涌，洋洋洒洒，说了数千百言，听的人拍掌不绝。

黎都督又道："都督一职，专管军政事务，现在武昌甫经光复，一切民政在在均需兴办，拟设一个民政长，就举咨议长汤化龙君充当，赞成的请举手。"

会场上顷刻间又全都是手，宛如一座手山一般。黎都督又议，暂借咨议局为都督衙门，亦经咨议局众议员应允，随由朱标统摇铃散会，众人就像海潮一般退下来，各自归营驻守不提。

却说黄一鸣回到军械局，吃过早饭，就见宋子文骑着马飞一般赶到局中，口传都督将令，叫黄一鸣快到都督衙门听令，火药军械局事务交给我来管。一鸣听说，把一应物件交代清楚，率领本队军士，离了火药军械局，径投都督府来。行进大门，只见音乐队正在教唱军歌，众军士齐声高唱，声音十分悲壮。只听唱道：

　　兴汉兴汉，兴我大汉，汉人好山河，岂容满贼占。
　　同胞啊努力，努力向前战，杀尽胡儿兴大汉。兴汉，兴汉，兴我大汉！
　　灭满灭满，灭此贼满！黄帝应有灵，助我将贼斩。
　　同胞啊努力，努力向前赶，赶到北方灭贼满。贼满，贼满，灭此贼满！

　　一鸣听了那悲壮的军歌，不知怎样，那股勇气自然而然会勃生出来。守门禁军见一鸣是本标队官，并不上前查问，直到阶下，卫队进去回过，一会子传出都督命令，叫快进内相见。一鸣跟随卫队，直到大堂，只见黎都督正和民政长汤化龙斟酌什么事呢，一眼瞧见一鸣，倒也并不托大，虽没有起身相迎，讲几句话倒很是和气，叫一鸣督带本队，就在本城大街小巷巡游查察。起义之初，人手少不过，说不得大家辛苦点子，只好吃过午饭，再行歇息了。

　　一鸣心里很是快活，暗忖：借着巡查的名义，倒好乘便瞧瞧我振华妹妹。于是欢欢喜喜出了都督府，督率本队，一路路查将去，只见沿街墙壁上满贴着鄂军大都督黎的告示。一鸣念道：

98

照得我军首倡议，兴汉灭满伸夙志。树旗未届一星期，来归诚者亿万计。顷者贼党一交锋，诛杀无算余逃避。鼠子必然再跳梁，多士勿云不足畏。须知克敌由惧敌，唯不自大乃有备。诸葛一生尚谨慎，愿与同胞共记忆。各惜精神加保养，慎勿自暴与自弃。犁庭扫穴计已定，一往直前须锐气。共成大业还汉京，剿灭满贼无噍类。汗马功劳不敢忘，生锡厚爵后临祭。将士同胞共勉旃，我华万岁万万岁！

一鸣随着脚，一径巡查过去。走到徐振华家门口，连推三推，门铃啷然，李妈开门出来，一见一鸣，顷刻笑逐颜开，连说："姑爷，我们小姐急死了，快请进去，快请进去！"

一鸣回向排长道："你们且在左近走走，有甚紧急消息，速来喊我。"

说毕，跟着李妈进内。到堂楼下，李妈抢先说："姑爷来了，姑爷来了！"随听楼梯上噔噔噔一阵脚步响，冠英在前，振华在后，双双迎出。

冠英挽住一鸣的手，问道："姊夫，你也在打仗吗？昨夜我们姊姊盼望了一夜。"

振华秋波盈盈，瞧定一鸣，像要讲什么话似的。

一鸣笑问："振华妹妹，你不愿我帮同起义吗？"

振华道："你把我瞧得太不堪了，我自恨做了女子，不能出来替国民出一把力，驱除异族，恢复河山，已经惭愧得很，再要阻挡你时，猪狗也不如了。不过圣人说得好，临事而惧，好谋而成。战争时光，炮雨枪林，总要格外谨慎点子，你能够谨慎，我就放心了。昨夜攻打制台衙门，你可在里头吗？"

一鸣道："不在，我奉令占据火药军械局，一鼓而克，人都没有伤一个。后来旗兵潜来攻袭，打过一仗，本队军士只有两个人受着轻伤。天一亮就到咨议局听他们议事，议场上散出来，又奉令巡查街道了。"

振华道："昨夜到今，一刻都没有休息吗？肚子可饿，可要吃点子东西？"

一鸣道："提起了精神干事，倒也不过这样，并不十分疲倦。"

冠英道："姊夫不要讲话了，到姊姊房里睡一下子吧！"

振华嗔道："你懂什么？姊夫现奉着军令，错一下子，可就了得。"

一句话提醒了一鸣，起身道："我去了，停会子缴了令，再来叙话。"

振华道："军事旁午，我也不留你了，走吧！"

一鸣辞着出门，和本队会合了，一路一路巡查过去。直到十二点钟，有别个队官前来接了差，方重到振华家休息。一觉睡到晚上十一点钟，胡乱吃了点子东西，就匆匆回到营房来，听候军令。

本队排长一见一鸣，就道："队长倒回来了，正想叫人来请。"

一鸣道："没事吗？"

排长道："都督府打德律风来，叫本队军士预备好远行军装，听候派遣，三十分钟里头，要端整好的。"

一鸣听毕，忙忙穿扮起来，全身军服，背上裹一条绒单，腰间挂一个干粮袋，用络子从头颈里络下来，掮上快利新枪，带上刺刀，结束得十分紧俏。摸出表来瞧时，离限却还有五分钟时光。

此时全队军士鸦雀无声，静悄悄等候都督府第二个命令，那副严肃气象，叫在下这支恶劣秃笔如何描写得出？一霎时，五分钟早已过了，壁上德律风铃嘟嘟嘟嘟嘟嘟又响一个不住。一鸣亲自询问，晓得是都督府打来的。只听德律风里问道："齐备了没有？"

一鸣回说："都已齐备。"

德律风里又道："都到火药军械局领取子弹。"

一鸣听毕，随率全队军士到火药军械局。行到局中，见已有二三队军士鹄候在那里，一会子，朱标统到了，大家举手行礼，朱标统点头相答。大厅上已安设下公座，朱标统居中坐定，一个队官站在旁边，喝唱花名，按名发给子弹，每人三百粒，随发随即登簿记载，一时发毕。

朱标统徐徐起身，向众人道："都督有令，叫兄弟和诸位过江去袭取汉阳府城和军械钢铁厂。小轮船已停泊江滩相候，我们马上出发吧！"

一鸣想欲写一封信通知徐振华，无奈标统已下出发的号令，一刻都不能停留，只得重托宋子文，叫："千万通一个信给徐家里，说我奉令出差，赴前敌去了。"说毕，振队而行。

所过街市，见各店铺都高悬白旗，有写"兴汉"的，有写"光复"的，有写"还我河山，民国万岁"等祝颂句子的，七七八八，不一而足。路上行人见了军队，都站住瞧看，面孔上都露出敬重的样子。一鸣跟随大队，直到江边，果见小火轮八九只停泊得像雁阵一般。众军士鱼贯上船，层次井井，丝毫扰乱情形都没有。一时登毕，朱标统传令开轮。

一鸣和朱标统恰在一只船里头，朱标统向一鸣招手道："黄队官请过来。"

一鸣连忙站起身，行到标统面前，恭问："有甚吩咐？"

只见朱标统拿出一大叠印刷的字纸道："这东西我就交给你，一到汉阳，烦老哥带领本队军士，混进里头去，分头张贴。现在这几个人里头，只有你老哥心最来得细，担当得住这个差使。"

一鸣见朱标统那么奖励，心里自然欢喜，就把字纸接了过来，取出一张瞧时，只见上写道：

天运辛亥年，中华国民军鄂军都督，奉军政府命，布告于我国民之为满清政府逼迫，以为其军之将校及兵士者。

我辈皆中国人也，今则一为中华国民军之将士，一为满洲政府之将士，论情谊则为兄弟，论地位则为仇雠，论心事则同是受满洲政府之压制，一则奋激而起，一则隐忍未发，是我辈虽立于反对地位，然情谊俱在，心事又未尝不合也。然则今日以后，或断兄弟之情谊而变为仇雠，或离仇雠之地位而复为兄弟，亦唯我国民之为满洲将士者自择之尔。

自国民军起，移檄天下，民族主义、国民主义，炳如日月，凡为国民，无不激昂慷慨，敌忾同仇。诚以国民军者，以国民组织而成，发表国民之心理，肩荷国民之责任，以主义集合，非以私人号召，故民归之如水就下。

我国民之为满虏将士者，非其本欲，特为满虏所迫，不得已而为之。此时满虏政府方又出其以汉人杀汉人之手段，驱之与国民军为敌，愿我国民深思之。本中国人而当满清兵，以杀同胞为职，抚心自问，宁能不愧乎？我国民勿谓为满虏尽力，乃所以报国也。中国亡于满虏已二百六十余年，我国民而有爱国心者，必当扑灭清朝，以恢复祖国，倘反为清朝尽力，是甘为仇雠而与祖国为敌也。其身份为奴隶，其用心为枭獍，岂有人心者所忍为乎？

我国民又勿谓既食清朝之禄，当忠于所事也。须知中国者，中国人之中国，及为满奴所夺，收中国人之财赋，以买中国人之死力。中国人效力满奴，而食其禄者，譬如家财既为强盗所夺，复为强盗服役，以求得佣值，境遇既惨，行为又贱矣！是故我国民之为满政府将士者，须以大义自持，知托身满虏政府之下，乃由一时之束缚，常怀脱离独立之志。

际此国民军大起之日，正当倒戈以向满虏，而与我国民军合为一体，方不失国民之本分也。彼满奴以五百万民族，陵制四万万汉人，而能安坐至二百六十年者，岂彼之能力足以致之，徒以中国人不知大义，为之效力，自残同种。彼满人得以肆志耳！

试观满奴入关以来，每遇汉人起义，辄用汉人剿平，杀人盈野，流血成河，皆汉人自相屠戮，而于满人无所损。举其大者，如嘉庆年间，汉人王三槐等举义四川，湖南、湖北、陕西诸省，相继响应，满清政府势垂危矣，八旗之兵望风奔溃，禁旅驻防，皆不可用，乃重用绿营，招募乡勇，于是汉人杨遇春、杨芳等为之效力，屠戮同胞，死者亿万，川、湖、陕诸省，遂复归于满洲主权之下。又如咸丰年间，太平天国起义，广西东南诸省指日而定，西北则张乐行等风驰云卷，天下已非清朝所有，其督师大臣赛尚阿、和春一败涂地，事无可为，及汉人曾国藩、左宗棠、胡林翼、李鸿章等，练湘军、淮军，以与太平天国相杀。前后十二年，汉人相屠殆尽，满人复安坐以有中国。

凡此皆百年来事，我父老兄弟想皆熟知者也。汉人不起义则已，苟其起义，必非满人所能敌，亦至明矣。所最可恨者，同是汉人，同处鞑虏政府之下，同为亡国之民，乃不念国耻，为人爪牙，自残骨肉，彼杨、曾、胡、李、左诸人，是何心肝？必欲使其祖国既将存而覆亡，使其同胞以将自由而复奴隶乎？

自经诸役以后，满人习知以汉人杀汉人为上策，故近来怵于革命之祸，日谋收天下之兵权，以满人任统御，以汉人供驱役。一旦有事，则披坚执锐、冒矢石、当前敌、断头流血者，皆汉人，而策殊勋、受上赏者，则满人也。我国人之为满人将士者，苟一念及身为中国之人，当知助满奴杀同胞，为天下所不容，可无待踌躇，而断然决心者。且我国民，苟助满奴，岂止为国家之罪人而已，即为一身计，亦无所利。盖满奴之待汉人，不过视同奴隶，即为尽力，亦毫不爱惜。

嘉庆年间，川湖之役，绿营乡勇，立功最多，事后，八旗受上赏，绿营诸将仅沾余唾。至于乡勇解散之后，困穷无聊，半世当兵，战功尽为八旗所冒，口粮复为上官克扣。出营之后，工商诸业久已荒疏，无以谋衣食，穷而为盗，则被杀戮。于是蒲大芳等怨望作乱，杨芳、杨遇春念其战功，诱以甘言，使之降伏，而满洲政府震怒，黜杨芳，使率蒲大芳等远戍伊犁，其后密使人

104

尽杀蒲大芳等，数百人无一留者。

咸丰、同治间，湘军遍于十八行省，所至努力破敌，故军既尽，湘军解散，克扣口粮（饥寒不免，其至丰者，不过给三月口粮），不敷归家盘费，因此流离者，父母妻子终身不得相见。而他省之人，以其当兵杀人，畏之如蛇蝎，视之若寇仇，见其落魄，又斥为流氓，穷无所归，则相聚结会，以相依赖。而满清政府，恶其结党，捕拿杀戮，不可数计。是故川、湖、陕之氛告尽，而乡勇失所，太平天国既覆，而湘军无归，乃知满清政府之用汉人也，犹农夫之用牛也，既尽其力，则杀而烹之，无一毫人心相待。此其故何也？

盖以同胞杀同胞，实为天下至贱之事，不唯为万国所鄙弃，同胞所切齿。即满人亦未尝不轻贱之，以为汉人相杀，乃其种性如此，宜其甘为奴隶，万劫不复。既存轻贱之心，故对待之手段，刻薄如此，即使身居重镇，屡立战功，而偶忤廷旨，缇骑立至，其他将校，受文官呵斥驱使，甚于仆隶。至于兵士，所发口粮，至为菲薄，而一有战事，即责以死难，是视之如虫蚁耳！

世人见满洲刻薄寡恩，不重军人，皆知叹息痛恨，岂知欧美日本各国，所以尊重军人者，以其为国努力，倚若长城，故军人之名誉、军人之身份，皆为社会所矜式。至于满人使中国人当兵，非以为国家之干城，不过专防家贼，故其军人以拥护保仇为天职，以戮诛同种为立功，禽兽之待，宜为世界所不齿。我国民之为满洲将士者，若犹有人心，当不待劝告，而决然倒戈反正，唯恐不速也，何用迟徊审顾为？意者或误会国民军之旨，

105

以为国民军既与满洲政府为仇，则凡为满洲政府之将士者，皆所不容，虽欲反正而无路可投乎？然同是汉人，地位虽殊，情谊固在，且国民军当未起义以前，处于满政府之下，与我国民之为清朝将士者，固无所差别也。

嗟乎！宗国之亡久矣，举我同胞，悉隶于满奴之下，不能互相庇翼，而使寄食于仇雠，又不能速拯之出于水火，斯已大负国民矣，何忍复较量前愆，自相携二乎？

为此布告天下，凡我国民之为满奴将士者，若能顾念大义，幡然来归，军政府必推诚相与，视为一体。其以城镇乡村，或军旅反正者，及剪除敌军心腹将校来归者，暨以器械粮食来归者，皆为国立功之人，当受上赏；其军至即降者，亦予优待。此皆偿典、恤典、略地规则等所一一规定者，其各激发忠义，以涤旧污，以建新猷。若犹有包藏祸心，怙恶不悛，甘为国民军之蟊贼者，则是自绝于中国，其罪不赦。

方今民族主义、国民主义，磅礴人心，举国之人，皆知明理仗义，固非若昔日人心否塞之时，军政府提携义师，肃将天讨，期与四百兆人平等，以尽国民之责，亦与昔之英雄割据有别，固将使禹域之内，无复汉奸之迹。其满洲将士，有敢奋其螳臂，以相抵抗者，必尽剪除，毋俾漏网，特虑其中，容有心怀反正，而迟疑未决者，亦有身拥兵权，心怀助顺，而观望取巧，思徐觇国民军之强弱，以为进退者，凡此皆不胜其祸福之见，故就义不勇。

今开诚布公，明示是非顺逆之辨，其各自择，毋得徘徊。如律令布。

　　一鸣从头至尾瞧了一遍，暗想：文字果然很好，只恐贴了出去，未必人人能够懂得。想着时，小轮船像箭一般，早已到了。

　　欲知汉阳城能否马到成功，且听下回分解。

第六回

鹤唳风声全家失色
鱼沉雁杳彻夜惊心

　　话说小轮船渡过汉江，众人陆续起岸，依着军令，各自分头办事。黄一鸣督率本队军人，把军政府布告文一处处张贴将去。也是胡运当终，人心思汉，城里头可也有八九百兵士，竟没一人上来阻挡的。随贴一张，随有许多人簇拢来瞧，瞧过后，也有叹息的，也有点头的，也有拍手称赞的，也有怒目攘臂、大呼排满的。几百张布告文才贴完，全城军民早都归顺了民军了，未烦一兵，未折一矢，才可称得传檄而定。只可怜那汉阳府知府何图何太守，花了六七千银子谋到这个缺，上任到今，通只不到九十天，无缘无故，这只好饭碗竟被民军敲碎了，只好步着瑞莘儒后尘，脚底抹油，一逃完结。

　　国民军兵不血刃，光复了汉阳府，朱标统立即发电过江，到武昌都督府报捷，一面派人接收汉阳兵工厂事务，厂里人员一概照旧，并传令各工人日夜加工，赶造各种军火，所有薪水，一概加倍发给。各工人得着加薪消息，快活得什么相似，有十分气力的，定要拿出十二分来，真是苏州人所谓加二讨好。

　　黄一鸣贴完布告文，朱标统就叫他督率本队，在各街市巡行

108

查察，暂时按下。

却说徐振华，自一鸣出去后，就连接着三五处警报。振华有个梳头老妈子，名叫王妈的，是本地人氏，徐太太差她街上去买东西，没有五分钟时光就跑了回来，面孔变了灰白色，讲话上气接不着下气，向振华道："不……不……不好了！不……不……不好了！小姐可怎么样，可怎么样？咱们快走吧！"

振华见了那副样子，不觉也慌张起来，忙问："外面怎么了，你瞧见了什么没有？"

王妈道："唬死我也，真真可怕得很。王惠桥那边在打仗，洋枪开放得鞭炮似的，不知打死了几多人。听说革命军打了大败仗，官兵冲进望山门来了。"

振华慌道："有这等事？"

说着，又报外面火起了。随听街上叽咯叽咯军队过路的声音，走到天井里，仰面瞧时，天闲云静，并不见有火光，回到后园，只听墙外人声嘈杂，都说火火火火火火。向东南望去，果见烟焰冲天，因在日间，那火并不十分红亮，但是耳朵边拉拉杂杂，已爆得怪响，倒像千万鞭炮在那里点放一般，火星烟块，顺着风乱打过来。振华心里急得突突乱跳，瞧了一会子，见那火烧得越发起劲了，火舌头焰起丈余，趁着风势，呼呼发啸，黑烟夹着火星，冲天而起，横风一吹，四下里散将来，形状十分可怕。

烧了一个多钟头，才见火势渐渐低下去。晓得不妨事了，重到外面，王妈已经不见，问："王妈呢？"

徐太太道："叫她再去打听了。"

忽见一人进来道："太太，咱们后门外在斫人呢！"

振华瞧时，进来的正是王妈。徐太太惊道："真的吗？你快去关照他们，叫他们不要在这里斫。我们都是胆小的，家里一个男子都没有。"

振华笑道："妈真唬昏了，乱离时候，谁还禁得住谁？由他们去是了。"

因问王妈道："火起到底是哪里？"

王妈道："制台衙门东首。"

"你去瞧的吗？"振华问道。

王妈道："瞧没有去瞧过，人家都这么说。"

振华道："是放火的吗？"

王妈道："不知是放火还是自己起火，共烧掉有二十多家房子呢。"

振华道："王惠桥打仗，到底是哪一家胜的？"

王妈道："那都是谣言，才碰着杭州阿强，他是从望山门进城的，说路上很是平静，并不见有官兵。不过十点时光，有一大群行路汉人，在那里经过，城上国民军只当是官兵，连放了三五枪，都督府晓得了，马上传令停放。谣言光景就为这上头来的。"

忽报文昌门外又在打仗。

振华道："文昌门离这里不远，谁去瞧瞧？"

说着，丁零零门铃又响起来了。

振华道："王妈，快去瞧瞧，姑爷来了。"

王妈急忙走了出去，一会子，同着一个穿军服的人进来。振华只道是一鸣，仔细瞧时，哪里是什么一鸣，是个下级目兵。幸喜没有喊出来，不然早被人家笑话了。

徐太太一见，忙道："是黄老爷叫你来的吗？"

那人道："我是军械局守兵，宋老爷差我来关照一声。黄一鸣黄老爷奉差汉阳去打仗了，要紧开差，不能够过来，临行托着宋老爷，宋老爷才差我来的。"

110

振华听了，心上亦忧亦喜。喜的是一鸣志气刚强，战术娴熟，现在风云际会，果蒙上官垂青，派出去攻坚克锐，一生抱负，从此有处发展，不至潦倒末僚，自伤侘傺；忧的是汉阳城坚兵众，并且还有兵工厂、制造局，各重要局所防守必定严密，打仗时光，枪丸炮弹是没有眼珠子的，万一有个短长，叫人怎不痛死？我这会子又不能飞过江去帮助他，那便如何是好？心里辘轳似的转念头，连差来的人都没工夫和他周旋了。还是王妈叫他坐下了，问他文昌门外可在打仗。

那人道："没有呢，不过织布局被流氓抢夺东西，城里得信，派兵去保护，是有的。"说毕，起身欲走。

徐太太道："外面乱得怎么个样子？"

那人道："很平静，一点子乱象没有。"

那人去后，徐太太瞧振华时，兀自呆呆坐在那里，知道她为了一鸣开差在外，心里头不很自在。

厨房里的李妈急匆匆进来道："不好了，银元局街札臬台大人公馆被国民军围住了抄家呢，还有审判厅附近，三十标标统宝大人宝公馆也被查抄了去，太太、奶奶、少爷、小姐都被杀掉，这才叫可惨呢！咱们这里不知可要杀来！"

徐太太道："李妈真是胡说，咱们又不是旗人，碍什么？"

李妈道："革命党专和旗人作对吗？"

徐太太道："国民军专行排满兴汉，凡是汉族，总一例保护的。"

李妈道："为甚专和旗人作对？噢！我懂了，皇帝是旗下人，他们想做皇帝，所以要杀旗下人。"

徐太太道："你能够明白就好了。"

李妈道："说起真也可怜，宝公馆我不晓得，丸大人公馆里，

111

太太、大姨太、二姨太、三姨太、少太太、小姐，都是何等享福的人，光是三姨太一个儿，一天上怕不要吃掉三五头鸡呢！"

众人听了，不觉都笑起来。

王妈道："一个人吃得下三五头鸡，那三姨太必定是日食斗米的强盗头了。"

李妈道："三姨太吃鸡，又不是和你我一个样子，她老人家把个鸡只拣个翅膊子，别的都不要了。不然，哪里吃得下？"

徐太太道："这么地作福，自应这么地结局。"

振华坐在旁边，独自转念头。徐太太等只顾讲话，并不理她。坐了好一会子，忽地起身道："妈，我想出去瞧。"

徐太太道："外面乱得紧，你姑娘家，出去做什么？"

振华道："我想去探探消息呢！"

徐太太道："探甚消息？李妈、王妈都在，都可以差得。"

振华道："她们会干什么事？我要自己去。"

徐太太道："你要打听什么消息，巴巴地定要自己赶的去？"

振华道："派去汉阳打仗，究竟是胜是败。"

徐太太道："你也是个呆子，这会子还在路上呢，胜败总要到了那边才知晓。你一个儿又不能赶到汉阳去，我看还是安安静静坐在家里头吧！"

振华道："不相干，我总要营里头去问一声儿。"

徐太太道："去了也没中用，军情秘密，他们肯告诉你吗？"

说着，冠英走进来道："怎么姊夫这会子还没有来？我等了他好一会子了。"

徐太太笑道："你要姊夫来，你请他吃点子什么？"

冠英道："我有一瓶玫瑰酒，是个同学从上海回来送给我的，我又不会喝酒，转送了姊夫，岂不甚好？偏偏姊夫这几天忙不过，昨天来坐不到一个钟头又去了。"

振华道："难得你这么志诚，你姊夫现在开差汉阳去打仗了。"

冠英道："是真的吗？"

徐太太道："怎么不真？你姊姊为了这事才不自在呢！"

冠英道："排除满奴，兴复汉国，本是人人应当尽力的，我做了男子，也要去相帮打仗呢！何况姊夫是个国民军，姊姊大我好几岁，总比我明白点子。姊夫去打仗，应该欢喜才是。"回头问振华道："姊姊听我这一番话说得差了没有？"

振华道："难为你竟有这么的志气，我做了姊姊，反比你糊涂不成？我所怕的并不是为打仗，就为汉阳城高池深，又有兵工、钢铁各厂，敌军倘然负固坚守起来，你姊夫可就尴尬了。"

冠英道："我晓得姊夫必定旗开得胜，马到成功。我那瓶玫瑰酒且替姊夫藏着，等他凯旋回来，敬给他做个庆贺酒，好吗？"

徐太太道："但愿……"

才说得两个字，恐怕振华不自在，忙又改口道："这个心愿，我晓得你一定能够偿的。"

振华并不接嘴，立起身，走向左厢房去了。冠英暗想：姊姊走进左厢房去做什么？那一间是妈妈供奉观世音菩萨所在，姊姊背地里一径说她迷信，几回要把佛像撤去，还是我竭力劝住的，说妈妈有了年纪的人，顺顺她让她快活点子，管甚迷信不迷信呢。姊夫也说文明国制度，信教原可自由的，她才止住了。这会子独自一个走进去做什么？不要为姊夫从了军，一时恨不过，没处发泄，就在观世音身上出气吗？想毕，放轻脚步，悄悄跟过去，瞧一个究竟。走到门口，从软帘隙里头向内一瞧，不觉大惊，几乎怪喊起来，竭力地忍，才忍住了。

看官，你道为何？

原来振华在里头并不把偶像作践，倒向着菩萨金身志志诚诚礼拜呢。只见她点了三炷清香，兰花着指头向香炉中插好了，合了掌，通了几句的神，然后花展柳拂，拜将下去。听她通诉道："信女徐振华叩求大慈大悲观世音菩萨，愿菩萨广施佛力，保佑儿夫黄一鸣平安无事。得能马到成功，凯旋团聚，振华甘愿终身持奉，永永信仰。"说毕，又叩上无数的头。

　　冠英瞧见，几乎大笑起来，暗忖：闲时弗烧香，急来抱佛脚，俗语说得真不错。恐怕振华瞧见，依旧悄悄退了出来，见徐太太还和两个老妈子长篇大套地讲论家常，一眼瞧见冠英，问道："你姊姊回房去了吗？她独个儿要嫌闷的，为甚不去陪陪她？"

　　冠英道："妈，我讲一件新闻你听。"说着，扑哧地笑了。

　　徐太太道："这孩子总是这么着，讲话尽管讲话，有甚好笑？"

　　冠英道："妈妈听了，也要笑的，那是极好笑极好笑一件好笑新闻呢。"

　　王妈、李妈都接口道："怎样好笑的事？小小姐讲了出来，让我们也笑笑。"

　　冠英道："我只讲给妈妈听，你们可都不许听的。"

　　王妈笑道："那么请小小姐先把我们两个耳朵割掉了，不然，小小姐讲出来，总要听见的。"

　　冠英道："也不庸割掉。"

　　随附着徐太太耳朵，如此如此，这般这般，说了个备细。徐太太不觉也笑起来，随道："难为她一片志诚，你倒不要笑她，可见菩萨是有的，也许菩萨暗里头在感化她，不然怎会变化得那么快？"

　　说着，振华也走出来了。冠英见了振华，只顾要笑，振华只

114

道脸上有了点子什么，忙走到衣镜前照了又照，并不见有什么。

王妈嘴快，开言道："大小姐早来了一步，也听着新闻笑话了。"

振华问什么新闻笑话。王妈道："我们都没有听得，小小姐只肯讲给太太听，咬着耳朵讲的。大小姐来了，她总也肯讲了。"

振华问她是什么。冠英道："姊姊也信她们胡说，我几曾讲过新闻？方才无非哄哄她们呢。"

李妈忽道："小姐们都是念书人，各种道理谅必都通透的，凡是人的寿数，活到几多岁为最长？"

振华道："古人说过的上寿百年，到一百岁，总算最长的了。"

李妈道："那怕不对吧！革命党的皇帝，怎么倒活了四千六百多岁呢？"

振华道："胡说了，凡是人，哪里有几千岁可活之理？并且现在的国民军都是共和党人，哪里再会拥戴什么皇帝？"

李妈道："告示都贴在城门口，上面写得明明白白，识字的人都看见的，怎么还会虚假？"

欲知徐振华如何回答，且听下回分解。

第七回

谈趣事妙舌生莲
念征夫情魔入梦

话说徐振华女士听了李妈一番石破天惊新奇话，不觉瞠目不知所对。还是冠英灵变，早醒悟了过来，笑道："李妈，你弄错了，瞧告示的总是个浑人，这种人肚里头本底没甚东西的，以误传误，浑讲开来。你又不识字，只道他们识字人的话总不会错，哪里晓得，连他们自己都没有弄清楚呢！告示所标黄帝四千六百零九年，那是黄帝，并不是皇帝，是青黄赤白黑的黄，就是黄颜色的黄，是草头黄，不是白头皇，那黄帝就是我们汉族的老祖宗轩辕黄帝。"

李妈道："小小姐一说，我明白了，只是老祖宗轩辕黄帝寿数这么的长，活了四千六百多岁。现在的人，偏又这么的短，都只五六十岁、八九十岁，满一百岁的已经少极，敢是小子孙的寿都被他老人家一个儿活了去不成？"

冠英道："那你益发错了，四千六百零九年，并不是黄帝的岁数，是记他造甲子到今的年份。黄帝创造甲子到现在，已有四千六百零九年，用它作纪元，就是不忘祖功宗德的意思。那黄帝是我们汉族的开山老祖，一切文明都由他老人家一个儿创造出

116

来的。"

李妈道："旗下人是不是他的子孙？"

冠英道："不是，黄帝子孙是汉族，旗下人是通古斯族。通古斯族本不是我们中国人，本是我们中国人的仇敌，这旗下人也是通古斯族里头的一种。在唐虞三代时光，叫作肃慎、女戎；秦汉时光，叫作东胡、鲜卑；六朝时光，叫作慕容；唐朝时光，叫作渤海、奚、契丹；宋朝时光，叫作契丹、女真；到了明朝，就叫作满洲。这满洲趁中国内乱时候，杀进中原，占夺了江山，僭称了皇帝，并叫中国百姓尽穿了胡服、辫发箭衣、雀翎马袖，把好好的人打扮得像禽兽一般。从前中国人衣服本是同戏里头一般的，何等文明，满洲人一进来，人人头上就多了一根尾巴了。"

振华听得不耐烦起来，向冠英道："偏你好精神，长篇大套地大讲。"

冠英道："她们不明白，也很可怜，我就开化开化她们，也不要紧。"

振华道："你高兴，尽管去开化，我是要进去了。"说罢，起身走了进去。

李妈道："大小姐去了，小小姐讲给我们听吧！"

冠英道："满洲人做了中国皇帝，就把中国人虐待得要不得，熬到这会子，熬得也够了。所以前晚的事情并不是造反，并不是谋叛，实是驱除鞑虏，光复故土，因为中国这块土地原是我们中国人自己的。"

王妈插嘴道："旗下人真享福不过，个个人生意也不用做，田也不用耕，一出娘胎就有一分粮吃，并且做官十分容易，所以有许多人都愿嫁给旗下人，一进门就现现成成是位太太。像我从

117

前在赵老爷家帮佣时，听赵老爷讲起一桩事，才晓得旗下人做官的容易。赵老爷在京里那一位王爷家教书，有一个承值书房的家人，名字叫什么，却忘记了。这家人服侍赵老爷十分周到，书房里一应事情，揩台扫地、送茶盛饭，以及叠被铺床、倒便壶、端马桶，都是他一个儿做的。赵老爷见他乖觉知趣，勤劲巴结，所以很是欢喜他。有一晚，这家人忽地向赵老爷打一个千儿，恳求道：'师老爷，小的在这里当差，赚几个钱很是不够用，家里头还有七十多岁个老娘，一径挨着饿。求求师老爷替小的想想法子，就为牛为马，服侍你老人家一辈子，也都甘愿。'赵老爷只道他要几个赏钱，就摸出两块洋钱给他，哪里晓得他竟不肯接受，又打一个千儿道：'叩谢师老爷，师老爷的赏赐，小的可不敢叩领，只求师老爷在王爷跟前讲一个情，得派一个好一点儿差使，小的就一辈子受用不尽了。不光是小的一个人，连小的家里老妈也受着师老爷恩典呢。'赵老爷道：'那不值什么，碰机会替你说是了。'那家人便欢天喜地，谢了又谢。后来，赵老爷和王爷一桌上吃饭，乘便替他说了个情，王爷当场答应。过了一天，这家人顷刻衣冠齐楚，到书房里来叩谢叩辞。只见他戴着明蓝顶子，拖着花翎，朝珠补褂，场面非常之阔绰，一进门，就向赵老爷叩了三个头，跟手又请一个安道：'蒙师爷的栽培，王爷的恩典，小的已派着了差使，明儿就要出京，特来禀辞。'赵老爷问他派着了什么差使，那家人道：'托赖师老爷洪福，小的现在是杭州织造了。'赵老爷不胜诧异，暗忖：织造也是个钦差，见起督抚来，是分庭抗礼，宾客相待的，怎么竟派个家人去充当？过了一年，这家人回来了，依旧在书房里承值，却把一张银票送给赵老爷道：'这是家人一点儿薄意，算不着什么孝敬，请师爷收下，给少爷们买一点儿果子吃吧！'赵老爷接来一瞧，是一张漕平八千两的即期银票，不觉大喜过望，问他：'一任织造，共赚到多少钱？'那家人道：'别的官三年一任，织造只有得十个月，一任也不过弄到七八十万银子。'问他：'有了这许多钱，为甚依旧要当家人？'这家人道：'小的是府里头世仆，哪怕做到宰相，也不相干，主子依旧是主子呢。'小小姐你想，旗下人做官容易不容易？一个家人都能够做到织造大人。"

冠英道："满洲制度，原和中国不同，只有主奴，没有君臣，哪怕亲王大臣，对了皇帝，自己总称奴才的，奴才官家里头，还养小奴才，小奴才还放到外面来做官，管理我们汉人。他们眼光里瞧出来，汉人本是奴才的奴才、奴才的奴才呢。"

李妈道："听人家说，旗下人只有得五百万，中国人有到四万万，差不多是八十个敌一个，怎么当时会放他进来的？我想想，不庸打得，一人一脚，踹也踹死了他。"

冠英道："能够齐心，别说八十个抵一个，就抵一百个，也不要紧。"

徐太太道："别只管讲张了，瞧瞧你姊姊在做什么。"

冠英姊妹原很友爱的，听了话，立起身就走。徐太太问她哪里去，冠英道："瞧瞧姊姊去，妈一说就提醒了我，姊姊正在不自在，我还没事人似的，道理上如何讲得去？"

徐太太道："也不容这么要紧。"

冠英也不答话，噔噔噔，径自进去了。

李妈道："这两位小姐真好，我出出进进，人家帮过不少，哥儿姐儿见得多，从不曾见姊妹有那么义气的。"

不言仆妇议论，且说振华无精打采，回到房里头，弄弄这

119

样，瞧瞧那样，弄来弄去，终是不起劲，和衣横在床上，辘轳似的转念头：汉阳事情不知怎样了，官军可曾抵拒？一鸣可曾受伤？若说打了胜仗，应早有捷音报来，都督府应早布告开来，城里也总有人讲起了，为甚依旧寂寂无闻，没有消息？谅来总不见十分好。想到这里，便好像亲见一鸣受伤卧地在那里婉转呻楚，呻楚的声音一声声直钻进耳朵里来似的，心里非常的恐怖。忽又转念，若真打了败仗，都督总派兵队去救援的，兵队开差出发，城里也总有人讲起，外面声息很是平静，谅来总不至于此。思来想去，那念头便像海潮般，一阵高一阵低，起落个不住。睡在床上，眼睁睁地望着帐顶，可恨那帐顶并不会开口，不能宽慰自己心胸。

挨了多时，思欲小遗，坐起身，跐双便鞋，到床背后，刚向净桶坐下，忽听房门呀的声响，开了一缝。振华忙问哪个，没人答应，心下不免有点儿着急，慌欲起身，只见乌黑的一团从门缝里滚进来，直滚向床下面去，也不及结带，拎住裤腰。走出来瞧时，原来是一只乌云盖雪的大黑猫，从床下钻出来，望振华噪然一声，直挺挺地立着。振华发狠，把脚一跺，那猫蹿至房门前，还回过头来，瞪出两只通明眼睛，眈眈相视。恨得振华追过去，想捉住了，打一个畅快。那猫真是乖不过，见振华追来，一溜烟早跑了无影无踪。

忽有人推门而入，笑问："姊姊做什么?"正是妹子冠英。

振华道："没甚事，一个猫可厌不过，等要打它，倒又跑掉了。"

冠英道："打虎容易打猫难，姊姊舍了它吧!"

振华并不回答，徐徐坐下，面孔上很露出不开怀的样子。

冠英道："姊姊别只顾珥思乱想，照姊夫那么本领，取个把汉阳城，何难之有？何况还有帮手。"

振华道："你孩子家懂得什么？"

冠英道："我果然不懂什么，只是姊姊一味忧急，于事实上也并没什么益处。停会子，姊夫倒没甚事，平平稳稳回来，姊姊倒忧成功了病，叫他可怎么样呢？再者，果然有什么短长，你白忧一会子，也没中用呢。"

振华道："我也知道忧一会子没中用，只是自己做不来主。我并不要忧愁，这'忧愁'两个字，无奈兜地钻上心来，再也排遣不去，叫我可怎样？"

冠英道："我来念两首新诗姊姊听，解解闷。"

随抽开抽屉，取出一册小本子，揭开朗吟道：

飞传急报革军来，疑是疑非苦费猜。
肇祸子龙徒有胆，扶危司马枉多才。
中原鹿逐风尘惨，大泽鸿飞旦暮哀。
蜀土无端遭浩劫，那堪战血满蒿莱。

百年几见海澄清，浪许终军事请缨。
挥扇谁如葛忠武，画筹特别鲁诸生。
城临白帝通鱼腹，桥断黄河阻雁声。
湘鄂毗连皆响应，天荆地棘断人行。

振华道："这两首诗好似专指四川事情，是哪一个做的？"

冠英道："我从报纸上抄录下来的，也不知是谁所做。"

姊妹两个谈谈说说，不觉天色已夜。吃过夜饭，振华心念一鸣，忡忡不已。

冠英没法可想，随道："姊姊，我唱支歌你听。"

说着，随到窗口，开开风琴，脚踏手按，那风琴便呜呜地响起来。冠英放出绝清脆的声音唱道：

> 四万万人，四万万人，都是亲兄弟。二千万里，二千万里，好块大陆地。今被那，贼满人，将我作奴隶，尽在那贼满人，势力范围内。
>
> 一心呀，一意呀，结个好团体。一心呀，一意呀，结个好团体。杀尽那，贼满人，伸我国民气。光复那，旧山河，共雪当年耻！

歌声协了琴韵，婉转抑扬，唱得很是好听。振华道："风琴恁是怎样纯熟，终不及批霞纳清脆。"

冠英道："批霞纳在楼下，我批霞纳功夫没有姊姊纯熟，还是用风琴的好。"

振华并不回答。冠英道："我再唱一支《变雅调·老成叹》，给姊姊听。"

唱道：

> 川防决尽，堪长叹，如今不复来。上天下泽，尊卑定，丹心奉大清。谁将妖焰煽，无父无君召祸胎？何来群不逞，鲁莽先为门内争。妄分种界，费疑猜，奇哉亦怪哉！
>
> 复仇雪耻骇听闻，谁人勿吃惊。水源木本，拉杂摧残，此风不可开。现成大国，自召瓜分，终嫌不近情。

122

盛世偏谋反，茔茔好不受培栽。邪说须严惩，将来免得燎原成。

天良安在，臣道安在，我为若人哀。老夫不敏，中心耿耿，叹出两三声。

振华听了，终不十分起劲。冠英也不唱了，寻些话来和她解闷，东说黄河西说海，天南地北，讲了一个黄昏。

冠英觉着有点子倦了，随道："姊姊，我们睡吧，我今晚睡在这里，就和姊姊两个合铺好吗？"

振华道："睡在这里就睡在这里，只是不许多讲，我很嫌烦呢。"

冠英道："讲话也要精神的，姊姊瞧我能有几许精神？"

两人各自解衣，登床睡觉。振华睡在外床，冠英就在振华脚后里床曲体拳卧，究竟没有心事，一着枕，呼呼地睡去了。振华翻来覆去，哪里睡得稳？四壁悄然，只有妆台上那只小自鸣钟兀自嘀嗒嘀嗒响一个不已。一会子铛铛铛敲响起来，默默数去，已经十一点钟。

忽地听得街上军队走路声音自远而近，叽咯叽咯，清脆入耳，心里又烦扰起来。这军队不知是调出去的，还是调回来的，回转头瞧瞧，冠英呼呼睡得正酣畅。

振华这一夜竟没有合眼，直到天色微明，才蒙蒙眬眬睡了去。却又被冠英起身小遗惊醒了，撩帐微窥，四扇玻璃窗都变成鱼肚白色，俄而一只乌鸦呀呀叫着，掠过楼顶。

冠英瞧见道："早得很，再睡一下子，姊姊！"

振华并不回答，只把头点了一点，合目养神，寂然不动。一会子，听得楼下历碌声响，正是李妈等开门扫地，收拾一切。张目瞧时，早见一角日光直透进玻璃窗，此时倒觉神昏体倦，合上眼沉沉睡去。

忽见黄一鸣高视阔步走上楼来，面孔上喜气洋溢，一见振华就道："振妹妹，怎么不出去瞧热闹？今天的热闹真是武昌城建筑以来第一遭。"

振华道："你不是派去汉阳打仗吗？怎么就回来了，怎么又说有热闹事？"

黄一鸣道："你原来都没有知道，兵到汉阳，一鼓而克，一个炮也没有放，一个人也没有伤，随即占据了兵工厂，团近城镇，望风归附，民军声威，顿时大振。北京政府唬得什么相似，遣兵派将，历乱一团糟，一会儿派满人做统帅，一会儿又派汉人，没有几天，又派陆军大臣统兵南下，一仗都没有打。大元帅已派出了三四个，你的兵马不肯服我调遣，我的军士不愿受你节制，互相雄长，互斗意见，将帅不和，军人解体。行到信阳州武胜关地方，碰着民军伏兵，狠战一阵，直杀得片甲不回，军火辎重尽为民军所得。北京各大员得着这个消息，直唬得三魂出窍，六魄离身，川湘云贵苏浙闽粤秦晋豫直各省，见鄂中得了势，不约而同起义光复，都建设了军政府，都公举了都督，通牒北京，约期会战。清朝摄政王马上召集王公大臣，特开御前会，商量战守之计，各王公奉召到会，都面面相觑，不作一语。摄政王开言道：'众位都是朝廷心膂重臣，休戚相关的。现在急难时光，大家商量商量，有甚好法子，马上就行，或是战，或是和，或是守，或是走，或是降，只要于朝廷有益，总没有不依从。'众人你推我，我推你，推了半天，依旧是一筹莫展。摄政王跺脚道：'众位都这个样子，叫朝廷还靠谁呢？'那时，众王公里头，要算伦贝子最为庸中矫矫，当下就越众开言道：

'无百年不死之人、千载不亡之国，咱们满洲原不过宁古塔一小部落，占据中华二百多年，这二百多年里头，威也使尽了，福也享尽了，天运循环，一兴总有一废。为今要计，不如把金珠宝贝捆载好了，向外国一溜，仍不失为侨寓富翁，三十六着走为上着，众位瞧我这一篇话，说得错了没有？'众人异口同声都说：'好计，好计！'摄政王于是叫太监把宫里东西先收拾起来，各王公结了个大帮，趁着西伯利亚大车，一溜烟都逃向俄罗斯去了。北京人民见皇室逃去，就在资政院开了个大会，公举代表四人，乘坐专车，到武昌来禀告。武昌军政府得着消息一面发电通告各省，一面派朱标统率领军士跟着代表去收复京师。"

振华道："你也派着吗？"

一鸣道："也派着的。"

振华听了，面孔上顷刻露出幽怨的样子，嗔道："你倒好，信也不通一封，人家在家里急得什么相似，朝朝夜夜盼望你回来，你倒好！"

一鸣谢过不迭。

欲知振华如何回答，且听下回分解。

第八回

惊噩梦女士心烦
读檄文英豪气壮

话说振华见一鸣再三谢过，自然丢开不提，因问："今天热闹到底为了甚事？"

一鸣道："北京光复之后，各省都督都派代表到武昌商议建设共和新政府，公举大总统。自新政府成立后，所有各省旧设之军政府一概取消，经大众公决，承认武昌为华盛顿，推举黎都督为大总统，黎都督再四推辞，推辞不下。今朝是国民庆贺新政府成立的第一日，城里头没男没女，没老没少，都穿着新衣服到街上来逛，各店铺都挂着灯结着彩，高扯着国旗，各帮会馆、各业公所和庵观寺院，都雇下班子在那里演剧。四乡赶进城瞧热闹的人山人海，拥挤得要不得。"

振华听说，不觉也欢喜起来，随道："待我换掉一件衣服，一同去。"

一鸣道："今天会场就设在八旗会馆。"

振华道："怎么在八旗会馆？"

一鸣道："就只取他地方宽敞，房屋华美。"

振华换好衣服，一鸣笑道："大家辫子都剪掉了，你们本底没有辫子的，更可不必拖了。"

振华道："我要发起一个女子剪辫会，你瞧行不行？"

一鸣道："女子剪掉头发，姑子似的，光秃秃，很不像样。你如果发起时，第一个反对人就是我。"说着，相随出门。

真也奇怪，这条贡院街本是很冷偏的，现在走路的人却都推背而行。但见灯彩满布，国旗飘扬，处处腾欢笑之声，人人致祝颂之语。更有一队队的小孩子，捏着纸糊国旗，挺着脖子，高唱国歌，且行且唱，起劲得要不得。一会子，早到了八旗会馆，一股摇山震岳似的声浪从里头透出来。振华早唬了一跳。

一鸣道："这是拍手声音，光景是大总统到了，大家欢迎呢。"说着，早进了头门。

只见人头碌碌，万目睽睽，从仪门直到大堂，拥挤了个水泄不漏。

一鸣道："不好走了，就这里站一会子吧。"

振华道："晚了一步，座位都没有了。"

前面坐着的一个少年听振华这么说了，慌忙站起身来道："位子这里还有，姑娘请坐吧！"

振华谢过那人，也就坐下。只见大总统黎宋卿先生高高站起，精神焕发地在那里演说。因坐得太远了，说点子什么，听不清楚。忽闻轰然一声，"刺客！刺客！"喧闹之声不绝，座上的人顿时大乱起来。

一鸣道："了不得，这总是满洲暗杀队特来行刺大总统。"

道言未毕，枪声又起，一缕青烟从西北角上发将来，"拿刺客！拿刺客！"全场闹成一片。只见总统府卫队纷纷赶出门去，兜拿刺客。

振华要紧晓得，连问一鸣："大总统受伤过没有？大总统受伤过没有？"

一鸣道："我去问来。"

说毕，匆匆向前而去。挤了两挤，就不见了。

不多会子，黄一鸣从人丛里钻出来，向振华道："幸喜只伤得一个从人，大总统总算没有妨碍。"说着时，会场上人像海潮般涌出来了。

振华身不由主，随着人潮涌出，一泡子涌，那一鸣早不知涌向哪里去了。

振华独自一人，飘飘荡荡，好似又到了上海，忽又碰着了个表兄朱桂生。桂生道："妹妹倒还在这里写意，清朝皇帝借了日俄两国雄兵，杀进中原，重行复辟了。民党魁首都已被擒，妹丈也在里头。"

振华一听，好似真有这么一桩事，慌问那便如何是好。

朱桂生道："有甚怎么？明天是十三，是上海叛犯正法日期，皇上因为反叛的都是内地乱民，不必行那献俘大典，一道上谕，叫就在所获的地方正法示众。黄一鸣等一班人眼见总在城内九亩地结果了，何必多问？好来好去，妹妹和他虽然订过婚约，幸喜还未成亲，倒不如亲上攀亲，你我表姊妹成双作对地拜了，快活过一辈子。我晓得你心里总也赞成的。"

振华听说一急，喊声："啊呀！"却早醒了。身子依旧在床上，原来是南柯一梦。

冠英也被惊醒，忙问："姊姊为甚极喊，做了怕梦吗？"

振华呆呆地再把梦境思索一回，摇头道："不佳，不佳。"

冠英重又询问。振华约约略略说了一遍，只把桂生要求攀亲一节话隐住不说。

冠英道："梦里的事如何作得准？俗语日有所思，夜有所梦，

128

姊姊如何也会迷信起来？"

忽听楼下说话声响，振华道："妈妈和谁在讲话？你听！"

冠英道："总不过王妈、李妈这两个老妈子。"

振华道："不对吧！有个男子声音在里头。"

冠英侧耳细听，笑道："姊姊如何也听不出起来？这是很熟的，熟人桂生哥哥呢。"

振华听说是朱桂生，心上就老大不高兴，暗忖：此人正是梦里头最可恶人物，偏偏地就来了。莫非这恶儿要应着吗？

冠英见她呆呆不语，不穿衣，也不睡下，随道："仔细冻着，天也不早了，我们也可以起身了。"

振华想出了神，依旧没有听得。冠英只得替她把棉袄披上了身，推她道："可以起身了。"

振华徐徐穿衣，姊妹两个穿好衣服，梳洗完毕，走下楼来。见徐太太正和桂生两个大讲张，一见振华、冠英，就道："怎么今天起身得那么晚？桂生哥哥来了早好一会子了。汉阳府城已经归顺民军，汉口镇也由民军占据，武昌、汉阳、汉口三对角都是民军的势力范围，你如今可以放心了。"

振华听了汉阳归顺民军，就问汉阳城占据时光，打过几多回仗，伤掉几多口人。

桂生道："都没有，那是一举成功的。汉口地方更是奇怪，民军本来没有来，土棍光蛋放火劫物，乱得一塌糊涂。商会里绅董，具了请帖去请来的。"

冠英道："照这个样子，十八省通通光复，为期也不远。"

桂生道："怕没有这么容易的事，北京已派陆军大臣荫昌做统帅，不日就要统师南下，又起用袁世凯为外务部尚书。荫昌是留德陆军毕业生，袁世凯也是一时人杰。"

冠英道："人杰也罢，狗杰也罢，都不干我的事，我只晓得那瓶玫瑰酒可以给姊夫当个凯旋酒喝了。"

桂生插口道："打仗的事情，正好拖长下去呢，也许姊丈开差出去，小妹妹就何妨移作了饯行酒。"

振华听了，心上老大不然，想要分辩几句，早见冠英抢先道："桂哥哥，我们姊夫和你也没甚冤仇，不知怎样，你一定要他出了远门去，心里头才快活，敢是他出了门，你有什么特别好处不成？"

朱桂生笑道："我不过随口说一句，大妹妹没有跳，小妹妹倒跳起来了。"

冠英道："人家要他回来，才说是凯旋，你偏又说饯行。问你做了我时，要恼不要恼？"

桂生道："我果然不好，妹妹恼得很是。只是我今天来，也总算有一点儿微功，似乎还可以将功折罪，妹妹也不必那么恼法。"

冠英道："又要当面捣鬼了，你有什么功劳呢？"

桂生道："妹妹只消问姑母，自然就能够明白。"

冠英果然问徐太太，徐太太道："桂生哥晓得你们喜欢文章，所以抄录一篇什么叫作宣言书，特地从汉口送到这里来。你想他虔诚不虔诚？"

振华道："宣言书在哪里呢？"

徐太太拿出两张真笔版印就的东西，振华接来瞧看，冠英就在他手中念道：

满洲政府者，马贼之遗孽，而素无文教之顽民也。
自明祚沦亡，乘间窥伺，盗窃神器，将三百年华胄夷为

130

台隶，饕餮肆其奸回，一二黄耇，随时先逝。后生不见屠夷之惨，相与因循，遂得使满洲殚其凶虐，恣行无忌。

近又假托立宪之名，涂民耳目，官以族贵，政以贿成，杀人唯恐不多，加赋唯恐不足。乃者以铁道国有之目，劫夺民资，囚戮议士，茕茕赤子，悉膏刀砧。蜀人不胜其虐，始举义旗，龛定三府，两湖志士实踵其后，赖士大夫之力，军士知方，云合响应，曾未二日，恢复两都，江汉廓清，日月再现。犹惧邦人诸友，观听未周，尚多犹豫，特陈大义，以告我四万万神明之胄。盖泰东文化之邦，中夏为祖，衣冠礼乐，垂则四方，视欧罗巴洲之有希腊，名实已过之矣！惟彼建虏，人面兽心，纵无残虐于我氓庶，奉此骑寇，以临大邦。凡有人心，孰能容忍？况复残贼公行，法纪紊乱，以丞报为仁义，以贪冒为骏雄，虽俚人洞苗，犹不能与此终古，况素知礼义者哉？

曩日之菇荼含痛者，非独楚蜀三省之民，奇材巨鳌，所在皆有，亦不限于一地。然则农商抗税，行伍倒戈，学士驰骤以求同德，议员传檄而晓四方，此生民之大义而人道之至文也。

今者皇帝神圣之称，委贽献身之训，固已视如翳眚，拨弃无余，妇人犹且从事，可以厉丈夫；儒童犹且勖力，可以兴壮士；书生犹且效命，可以愧显人。智勇辐辏，其会如林，所以致天之届而拯黎元于水火者，唯力是视。然闻北部陆师犹怀观望，习流海旅，尚受盗言，甚非所望于诸父兄也。国之有兵，本以御外侮不以

131

镇制人民，若云公侯爪牙，宣力王室，此则奴虏阘茸之言，岂军人之素分耶？北方军士实繁有徒，霜露所均，谁非昆弟，而欲承虏廷之伪命，推白刃于同胞，何其自外于人群哉？

荫昌逋寇，天性傲狠，视将校如家奴，凡诸军士，盖所素省，加以猜忌成性，嫌疑已构，宁受贼鞭笞之酷，而违简书恫难之言，北军虽愚，宜未至是，故伪署外务部尚书袁世凯，宣统初政，黜在田间，自谓无复出山之志，欻遭多事，始之即来，何异吏欲杀人而延屠脍，不能坚执，遂被羁縻，俯仰今昔，能无愧乎？海单弁卒多产东南，郑成功之遗迹，黄道周之义声，故老流传，简在耳目。闻其主帅亦尝留学远西，岂未闻法国大革命时，拿破仑犹游军中，终以智勇登为总统乎？

乃今制命伪朝，受其驱策，扬灵江上，以与义师争命，以职则非其分，以义则失其伦，以爵赏权位，则必不能比于满洲世族，以勋伐闻誉，则复下于向日曾李二凶。幸而获胜，一家指为良臣，万姓目以剧贼，若天夺其魄，应时崩溃，坚利之器，扫地无余，海江失卫，谁之责也，当知人心所归，依乎信顺。今之发愤为雄者，非若昔日洪杨假合之徒，今之赴义倒戈者，亦非有昔日徐熊孤起之危也。若能云蒸虎变，同指北廷，挞彼元凶，势如振槁，功成事遂，大律丕天，勋名登于旗常，铜像立乎云际，无损一时之势位，而获无穷之令闻，孰与身为走卒，备他人驱使哉？又诸东西友邦，交通已夙，满人侵盗之事，盖所稔知，今之虐政，亦其所目睹也。

义师既起，无犯秋毫，曩日载书，未尝渝悔，楚蜀之保护商场者，不在满洲政府，而在革命军人，严守中立，责任有在，今在战事抢攘，贸易或有留滞，若其大功耆定，胡酋遁逃，中夏清明，是亦远人之福，何者？万国和平之的，系于中夏政治之修明，政治修明之期，依于民主立宪之成立，革命既成，共和自现，周道如砥，足以供万国之观瞻，邦父昵而无猜，兵革偃而不用，此则日计不足，岁计有余，若吝目前之微利，而忽百世之远图，朋比伪朝，扼我大义，宜非泱泱大国之所出也。

方今民气昭苏，风云浃郁，天亡索虏，近在崇朝，此正志士鹰扬之会，穷民得职之时，将成人道之均平，以滋世宙之福祉。亶勉从事，其可惮劳，所以劳来还定安集者，非弘毅就功之士，将谁属哉？

书到详思此议。中国革命本部宣言。

冠英念毕，徐太太问："这纸张上讲点子什么，是不是革命党的战报？"

振华道："战报也好算得，这一纸宣言书飞行出去，总有许多军队望风归附呢。"

冠英道："民军得了武汉三埠，根基是立定了。"

朱桂生接口道："听说长沙也在起事呢，只是确不确还没有晓得。"

冠英道："长沙一得，武昌有了退步了。"

振华道："武昌这城池，地势不很好，四通八达，又没有高山峻岭做本城的保障，得起来果然容易，守起来却很烦难。"

133

徐太太道："住在这里真是险不过，官军攻城起来，炮弹枪弹可都没有眼珠子的。我们这里离城又近，最好哪里去躲避一躲避。"

桂生道："姑妈虑得很是。现在军营里用的大半是开花弹，放到半空里都要炸开来呢，猛烈异常，人死起来是千千万万，万万千千。"

徐太太道："这么快点子找房子，预备搬家吧！"

振华道："搬向哪里去？我看倒也不必。"

徐太太道："不搬等着做炮灰吗？"

振华道："一来房子难找，二来人手又少，三来现在的人心个个都要排满，就处处都要战争，哪一块是安静地方？四来人类良莠不齐，民军起了事，保不住光棍土匪，要误会宗旨，四起骚扰，搬出去反倒撞着在上头。在这里有民军保护着，倒可以安稳。妈妈，我的话说得错了没有？"

徐太太点头道："你说的话倒也有理，搬家那件事慢慢再商量吧！"

冠英问桂生道："这一纸宣书，是哪里来的？"

桂生道："也是个营里朋友送给我的。"

冠英道："但愿各处城池都能像汉阳般不攻而破就好。"

正说着，王妈送进茶来，笑向徐太太道："隔壁孙家两位少爷都放出来了，孙太太欢喜得什么相似。两个少爷都要去投军。孙太太非但不阻挡，倒说受了民军恩德，自应得出出力。孙太太那么一个人，也会变化起来，你道奇怪不奇怪？"

徐太太道："官府硬拿她儿子冤作革命党，她恨极了，自然总要出气了。"

桂生道："汉口商家都在商议捐助军饷，集拢银子已经不少。"

振华道："那是极好的事，这光复事情本是我们汉人的公事，人人都负责任的，有力的人出了力，有钱的人自应捐助几个钱。"

冠英道："姊姊，我们也捐助点子。"

徐太太笑道："你共有多少家计，也想捐助军饷？"

冠英道："多了果然捐不起，我就把要买绒头绳衫裤的十块钱捐掉了吧，妈妈肯捐吗？"

徐太太道："你一个孩子家尚且这么有志，难道我做了妈，倒不如你吗？准定捐五十块钱。"

振华道："我捐二十块。"

冠英道："桂生哥是男子汉，比了我们，总应得多捐几个。"

桂生道："哟哟！我可奉陪不起，一个月通只赚三二十块钱，阖家子穿吃用度都在这上头，看稍捐掉了，不叫家里人贴到墙壁上去吗？我是不愿意。"

王妈道："朱少爷真是做人家人，瞧得钱比我们还要重，将来一定可以长大家计。太太，你借给我两个月工钱，我也捐点子，多少尽尽我那颗穷心。"

冠英道："桂生哥，你做了少爷，连一个老妈子都不如吗？亏你好意思。"

桂生道："我也很情愿捐助几个，无奈手里没有钱，可又怎样？"

振华听了冷笑，面孔上很露出不屑的样子。

徐太太怕他面子上过不去，开言道："桂生钱虽不捐，也和捐了的差不多。你们想吧，不是他来谈起，我们又怎的会发起这个愿心呢？"

桂生不好意思再坐，站起身来告辞。

冠英道:"桂生哥再坐坐也不要紧,钱在你手里,我们究竟不能硬派你捐助。"

桂生道:"我还要去瞧个朋友。"说毕,头也不回地去了。

这里,徐太太就把钱拿了出来,差王妈送到都督府去。一时拿着收条回来,报说都督府里站着许多兵士,听说都要派出去打仗的。这时光,武昌城里每天总有三五个战报,不是攻克某地,就是光复某城,各商家悬旗庆贺,起劲得要不得。那街上过路兵队也不知有多少起数,只听马蹄声、皮靴声,叽咯叽咯,彻夜通宵,往来不绝。

一日,振华闲坐闺中,正和妹子冠英纵谈时局,忽听楼下有人讲话。

振华道:"楼下是谁?"

冠英道:"总是桂生哥,由他是了。"

振华道:"声音不像呢!"

说着,王妈走上来回道:"姑爷差人在此,说从都督府下来,就要到这里来的。"

振华道:"谁在都督府?"

王妈道:"姑爷奉调回来了,现在都督府回事,一下来就要来的,先差个人来关照。"

振华听报大喜。

欲知后事如何,且听下回分解。

第九回

朝鲜人讴歌变国俗
大都督发誓励同胞

话说振华听说一鸣已到，欢喜得什么相似，三脚两步赶下楼来。差来的人已经去了。

徐太太道："你总知道了？"

振华点点头。

李妈飞奔进来道："太太、大小姐，快去听，门口外有个朝鲜人模样的人在那里唱说革命山歌呢！"

振华道："朝鲜人会唱中国山歌，倒没有听得过。妈妈，我们去听听。"

走到大门口，果见一个高帽古服的人在那里叫唱。听他唱道：

> 奉劝诸公都莫慌，细听鄙人说端详。
>
> 殷实巨商各自谅，同心协力助军粮。
>
> 士农工商各安业，切莫搬家自遭殃。
>
> 此番举动非别故，杀尽仇敌与汉邦。
>
> 同胞各人立志量，根本就是农工商。

迁南迁北有何上，燎乱各处都一样。

试问躲避能几日，饥寒时刻都难当。

何不拿定良心想，赶紧各执各一行。

广积银钱来接济，方能复得汉家邦。

奉劝各处抢劫者，要讲廉耻换心肠。

纵然抢劫到了手，无非落得眼前光。

速即投军把贼挡，复汉就是这一场。

同胞黎督明大义，你我各要存天良。

切莫问那邪路想，辜负一生好时光。

幸喜黄帝放光明，汉族一体乐安康。

振华道："瞧不出，这朝鲜人倒也是个有心人。"

徐太太道："朝鲜原是中朝属国，照理上讲去，也还应当的。"

说着，早见黄一鸣凸肚挺胸走进来了。振华笑着迎接，一同进内。

一鸣道："一眨眼已有礼拜把日子，真是快不过。"

振华道："怎么信都不给我一封？人家记念你，你倒忘记得干干净净。"

一鸣道："你也要原谅我，我在那边忙得什么相似，又要巡查街市，又要照看工厂，差不多吃饭工夫都没有，如何还能写信？今天调了回来，不知住有几天，今晚就调出去，也说不定。偷空儿叙谈三五句，你倒还要排揎我。"

振华道："我又不是你，叫我如何会晓得？"

冠英也走了下来，一见一鸣，就道："姊夫，你倒来了，我有好东西替你留着呢。"

一鸣笑着回答："把什么我吃？我吃过你令姊排揎，已经饱

138

透了。"

冠英道："姊夫总是这么会说玩话。"随道："你到底有多少本领，那么大一个城子，竟然轻轻易易夺取了，兵都没有伤掉一个。"说毕，站起身，匆匆地走了进去。

一会子，拿了一瓶玫瑰酒出来，笑道："姊夫，你奏凯回来，没别的孝敬你，这一瓶酒，做妹子总算把一杯盏，你总要应酬我的。"

一鸣起身道："多谢！多谢！"

弄得振华、冠英都笑起来。

一鸣道："笑什么，难道不应得谢吗？"

徐太太问可要吃点子点心。

一鸣道："点心倒不必，有小菜随便什么，拿点子来。妹妹那瓶酒，我就来消化掉它。"

徐太太连说："有！有！"回头喊王妈："快到厨房里去，叫李妈把那清烧火腿鸽子热一热就拿出来。"

王妈应着去了。徐太太又亲自进去，整理了一会子，一时搬出，是四个碟子、一个碗，一碟排南，一碟酱胡桃，一碟熏鱼，一碟罗汉菜。那个碗就是清烧火腿鸽子，倒是热腾腾的。摆上盅筷。

一鸣道："何必这么费事？"

徐太太道："都是现成的，我并不当你客人呢。"

冠英想要斟酒，一鸣早把壶抢在手中，先替徐太太斟上，然后振华、冠英，结末才是自己。喝酒说笑，十分快乐。忽报营里有人在外，要见姑爷。

一鸣忙着出去，一会儿进来道："妈妈和两个妹妹多喝一杯吧，我要去了。"

振华惊问哪里去，一鸣道："标统有令来传，都督举行告天誓师大典，叫全队军士都到校场伺候，我也要去陪祭，祭过天就回来的。"说毕，一点头，跟着来人去了。

振华叹道："做了个军人，吃都没有安逸。"

冠英道："那也无非为救国起见。"

不言姊妹们谈论，且说黄一鸣跟着来人回营，马上整队出发。行到校场，见一排排军士站立得铜墙铁壁相似，约略计去，总有五六千光景。一鸣就把本队军士归依本标序次站定。

只见校场中间高搭着一座祭坛，坛上摆着香案，祭坛前摆着两个庭燎，想是从圣庙里头借来的，一时两人抬上祭礼，是一只才宰的小黄牛、一壶玄酒，都供在祭坛上。供毕，军乐大作，赞礼官、读祝官依次升坛，赞礼官站在香案左边，读祝官站在香案右边。标统一传口令，众兵士像雁阵般排列开来，宛如两垛墙壁。一时黎大都督全身军服，率同统领、统带、管带、参军及都督府顾问官、正副部长、总监查、参议官、秘书官、各部顾问、正副科长、总理、参议官、书记官、经理水陆事务员等各上级将校七八十员，徐步登坛。黎大都督站在居中，各将分站两旁，坛下军乐齐奏。

赞礼官高声赞礼道："都督就香案位。"

黎大都督心诚志一，几步路走得十分严肃，走到了香案前。

赞礼官又高唱"上香"两字，黎都督亲手上了香。

又唱："献牲酌酒，都督就位跪，将校同跪，全军立正举枪，都督及将校俯伏。读祝官兴，都督及将校免冠，叩首，叩首，叩首，四叩首。"

赞礼官每唱一声，众人就依着行一礼。那股严肃的气象，宛如出队临阵差不多样子。赞礼官喝唱"全军立正举枪"时，万枪

140

齐举，耀在日光里，宛如万条乌龙。

忽听坛上又唱："读祝官跪就香案右，宣读祝文。"

就见读祝官走到香案右旁，徐徐跪下，捧出黄纸祝文，高声朗诵道：

黄帝四千六百零九年，仲秋月，下浣之四日，曾孙黎率国民军，用牲洁酒，敢昭告于天地山川河海与我汉族祖宗之前曰：

惟我汉族神明之胄，沦于胡羯二百余年，汉人实耕，满奴食之，汉人实织，满奴衣之，以五百万大等之种，凌驾于四百兆主人之上，缚我手足，服以胡服，而令我跪拜俯伏以供犬马奴隶之役，吸我膏血，藏之私库，而纵其骄淫嗜欲，以筑宫室池台之游。私河山为自有，取财赋若家珍，罪大恶极，擢发难数。缅维我祖，或教稼穑，或制衣裳，或平水土，或定礼乐，艰难缔造四千余年。彼沙漠小丑，余酷卧毡，乃敢叨窃神器，肆虐滔天，此天地山川河海与我祖宗之灵所共照也。

自庚子以来，天诱民衷，祖宗来格，义旗屡举，未奏肤功，盖其积恶未稔，则删除难尽也。兹湖北伪督瑞澂，收我汉族军械，欲以满奴之百人，歼我国民全军。义声一动，万众同心，兵不血刃，克复武昌。我天地山川河海与我祖宗之灵，实凭临之。元洪投袂而起，以承天麻，以数十年群谋众策，呼号流血所不得者，得于一旦，此岂人力所能及哉？

日来搜集整备，即当传檄四方，长驱漠北，吊我汉族，歼彼满奴，以与五洲各国，立于同等，用顺天心，

141

建设共和大业。凡我汉族，一德一心，今当誓师命众，
日朗云空，天空如笑，江闲波静，山川有光，伏惟歆享
不尽。

　　血诚谨告。

祝文读毕，赞礼官又喝唱："读祝官兴，授爵于都督奠酒，
都督率将校整冠兴，全军枪放下，都督立坛前发誓。"

就见黎大都督戴上军帽，众官也都戴上军帽，黎都督步至坛
前，读誓文道：

　　惟黄帝纪元四千六百零九年，鄂军都督黎，谨以牺
牛醇酒，昭告皇天后土而誓于师曰：

　　我祖黄帝，建邦于中土，世世先哲明王，缵衍厥
绪，爰逮有明，不康于政，遂丧厥宗主，彼满奴辱我二
百余年，先祖先宗，礼乐文教，靡有遗存。钦尔有众，
克振义军，丕扬我大汉之烈，光复土宇。予小子实有惭
德，辱在推戴，敢用玄牡，昭告于皇天后土，与尔军士
庶民，勠力协心，殄此寇仇，建立共和政体。尔惟克奋
英烈，实乃无疆之休，予亦报于汝功，其或不率而有后
至，予亦汝罚。

　　嗟尔有众，尚钦念哉，决不食言。

誓师毕，赞礼官又喝唱："全军举枪，三呼万岁。"

这时光，校场上发起巨声，山鸣谷应，震地撼天，只听"万
岁！万岁！万万岁！"一片都是"万岁"声者。那种声势，叫北
军瞧见了，不要说打，吾晓得唬都唬得杀。最奇怪不过，呼过之

后，却又肃静无哗，接着便是军乐奏乐三章，黎大都督率同众官下坛，全军整队归伍，各自回营。一鸣回到营房，略事休息，就请了个假，依旧向振华家来。一路行走，见墙角尽处，都满贴着民军告示，有一张糨糊还没有干。停步瞧时，是张六言韵示。

其文道：

今奉军政府命，告我国民知之，本督所持宗旨，排满复汉四字，先得鄂省根据，北上破竹如势。凡吾义兵到处，尔等勿用惊疑，本督为民除害，用特先举义旗，须知堂堂大汉，何颜屈膝满夷？请读明末历史，无不血泪沾衣，扬州屠城十日，嘉定杀尽孩提，此外十八行省，到处血肉横飞。兹仇兹恨未雪，中心一日不离，昔满食吾之肉，吾今寝满之皮，告我父老伯叔、同胞姊妹兄弟，皆当毅心协力，恢复吾汉土地。凡尔投诚军界，尤宜恪守军律，以外绅商学界，照常经营贸易。又有紧要一言，尔等各宜知悉，列强居留内地，更应保护严密，土匪流氓煽惑，从中趁势抢劫，设有汉奸傀儡，立即斩首不惜。是此示谕之后，各宜禀遵毋逆。

黄帝纪元四千六百零九年八月日示

一鸣正在瞧看告示，忽见墙角那边一个人影儿一闪，回过头去，见一个军士模样的人趴在井栏口上投放点子什么呢。

一鸣心里疑惑，喝问："你做什么？你是谁？"

那人见了一鸣，猛吃一惊，放开脚步就奔。一鸣愈加疑惑，拔步赶上去。那人见一鸣追来，拼命奔逃，跑得像飞一般。一鸣追了一阵，哪里追得上？见他转了两个弯，一闪便不见了。一鸣暗忖：这厮莫非偷盗了军火藏在井里吗？

回到井口，向下瞧时，碧水澄清，一点子影踪没有。随向人家借了根竹竿，向下捞看，捞了半天，也毫没东西捞着。忽地醒悟道："这厮鬼鬼祟祟，定是奸细无疑，莫非投放毒药暗算我们？倒不可不防他一下。"随关照团近人家，井里头水防有毒药，且慢汲食，一面叫人家拿吊桶来，吊了半桶井水，随叫跟着自己，同到都督府报告。

黎都督闻报，立传军医验看。一时军医传到，仔细验看一过，果然水中有毒。

都督怒道："城里头有了奸细，还当了得？"

立刻传侦探队严密巡查，捕拿奸细。一面差人捐牌鸣锣，晓谕居民，这一下子，城里人心顷刻就乱起来了。

张家说："怪道呢，我们老婆没缘没故呕吐起来，想来都为昨天喝了一杯茶。"

李姓道："我们妹子一径好好儿的，前天起忽地肚子痛起来，到现在已经三天了，请大夫吃了三帖药也不见好。"

姓王的道："我们妈腰酸毛病又发起来，病了也有两天了，总都是吃了这毒水的缘故。"

内中有一个毛嫂子，为人最是直爽，笑道："张家嫂子的怀酸作呕是怀妊呢；李家妹妹肚子痛，想是胎气发动的缘故；王家妈妈本是老病，干井水什么事？并且井里头今天才下毒，你们又不是今天起的病。"

姓李的道："水是澄清的，有毒没有毒，如何瞧得出？我想大家费点子手脚，提一桶水，拎到都督府，请都督验看。"

姓张的道："还等你想呢，人家早都去了。"

144

于是各人提了水，纷纷扰扰，都向都督府而来。行到半路，人多街狭，都挤住了，弄得一步不能走，进不能进，退不通退。这一日，差不多闹了个大半天，直到傍晚时光，都督府才出告示来，叫居民人等不必纷扰，要知井水毒与不毒，只消水缸中畜养小鱼三五条，小鱼不死，水就可吃。这个令一下，城里卖金鱼的，顷刻利市三倍。

却说黄一鸣都督府回下来，径到徐振华家，一进门就道："这里可是汲食井水？井水可喝不得呢！"

徐太太忙问何故，一鸣就把碰见奸细的事说了一遍。

徐太太道："那倒不妨，我们井是在家里头的，并且茶水一切，用的都是天泉雨水，井水不过淘米、洗菜用用罢了。"

振华道："祭天誓师热闹吗？"

一鸣道："整肃得很，我想《书经》上周武誓师也不过这个样子。"

随把誓师情形演讲了一会子。振华听了，不觉怦然心动，随把一鸣衣袖一拖，起身上楼去了。一鸣会意，跟随上楼，同到房中坐定。

振华道："你还要调出打仗不去？"

一鸣道："那都是说不定的事，上头有令下来，当了队官，可就不能不依从。"

振华道："替国家宣力原是好事，只是我放心不下，你可有甚法子替我想想？"

一鸣道："敢是你不愿我赴战前敌吗？"

振华道："那还像什么话？你也太把我瞧得轻了。据我意思，你以后出发起来，我就和你同去。两个人在一块儿，你也省得牵挂，我也免了记念，你道如何？"说着，两个秋波俏眼儿窥定一鸣，澄澄注视。

一鸣道："你怎么发出这个念头来，那如何使得？营里头规矩何等的严重，我是个队官，是一队的表率，自己违了律，如何还好约束他人？"

振华道："你真也是个呆子，你许我跟去，难道我就这么跟你去不成？军营里规矩我总也知道，我想改扮了男装，总算你的家丁，随营跟着，你到哪里，我也到哪里，你道好不好？"

一鸣踌躇道："妈妈也不肯放你去，我看还是住在家里头的好。"

振华道："妈妈肯不肯都不干你的事，只要你肯答应，你心里头究竟怎样，要我不要我？"

一鸣道："战场上可不是好玩的地方，你一个纤纤弱女，去什么？还是安安逸逸住在家里头的好。况且临了战，一心一意杀敌，还恐怕打不胜，经不起多了个你，又要照顾你，又要打仗，叫我一颗心如何来得及？"

振华道："说来说去，终是不愿我去。我到了那边，又不真上战场，你出去打，我就守在营里头，就是跟随出阵，自问一个子保卫一个子，也还吃得住。古时候梁红玉、秦良玉、花木兰，都还亲身出战呢。"

一鸣道："这桩事情，立逼着要我答应，我可办不到，只好宽限几天，让我慢慢地想。"

振华道："好就好，不好就不好，一句话就可定局，何用想得？想且不必，更何用慢慢？"

一鸣道："振妹妹，你的话来得锐利，我简直回答不出。"

振华道："我素来喜欢爽爽快快，你我又不是第一遭会面。"

说着，冠英恰好进来，把二人的话打断。于是，大家讲论了一会儿别的事情，一鸣摸出表来瞧时，长短针并指在五点上，自语道："时候到了，我要走了。"

冠英道："姊夫还到哪里去？"

一鸣道："回营去。"

冠英道："姊姊你瞧姊夫那么会客气，夜饭也不吃，就是公事忙也忙不到这个样子。想来晓得我们穷，体恤我们，省掉我们一顿夜饭也好。"

一鸣道："妹妹也真会说，现在营规可不比从前，严紧了许多。吃饭时光，上头派有巡查员到各营来查察，我敢不到吗？"

振华道："营规定过，饷章也定过吗？"

一鸣道："也定过的，各营统领官、都督府顾问官、正副部长、总监察等，每月薪洋都是一百五十元，统带、都督府参议官、秘书官等，每月薪洋都是一百元，参军官、各本部调查员、各科副长、各科分局长、各本部稽查及经理水陆事务员，每月都是五十元，队官、各科科员、调查书记长、秘书记、司令处书记等，每月都是四十元，执事官、各部掌印官、都督府收掌处卫生检查员等，每月都是三十元，排长、各科庶务及办事员等，每月二十五元，司务长每月二十元，正目每月十二元，副目十一元，正副兵十元。"

振华道："银两名目，从此都革除了。"说着，忽闻外面开枪声响。

欲知何事，且听下回分解。

147

第十回

吴淑卿壮志从军
徐振华易装访友

话说一鸣、振华正在讲话，忽听外面开枪声响。

一鸣道："这是手枪声音。"

道言未绝，又是两响。

一鸣道："不好，那总是奸细。"

飞奔而出，见灯杆底下卧着一人，好似营里头同胞，走近一瞧，是本营侦探队正目宋子唐，横卧在地，衣服上都是血，已经晕去，不能够讲话了。一鸣正在没作道理处，听得皮靴橐橐，一队兵士自远而至，却就是同标宋子文部下，子文也在里头。

一鸣迎上去道："灯杆底下，打死一人，认得就是个探队正目宋子唐。光景是被奸细暗算的。"

子文听说大惊，赶到灯杆下瞧时，血泊里卧着一个人，面孔已变成香灰色，忙叫军士向团近人家借了一块板，把子唐扛抬着，同到都督府报告。都督闻报，也吃了一惊，马上传集各上级将校，商议防备之策。众人都主张组织临时警察、宪兵队、暗探队，各街各巷、隐僻所在，都要严密查访，一面再悬重赏，缉拿奸细。都督见众人意见大同，立即照办。

黄一鸣回到营中，吃过晚饭，就和同队将士、团生讲话，排长吴德刚道："今天都督府有一桩很稀奇事情，那真自从新军成立以来，不曾有过的。"

　　一鸣道："到底什么事？"

　　吴德刚道："一个十九岁女孩子到都督那里进禀，自请投军助战，你道奇怪不奇怪？"

　　一鸣道："竟有这种事情，可晓得这女孩子哪里人氏，姓什么，叫什么？"

　　吴德刚道："也姓吴，名叫淑卿，是汉阳府汉阳县人氏，从前在北京师范学堂念过一年半书。她的哥哥也是陆军中人物，在奉天陆军第二十镇步队七十八标充当教练官。淑卿在学堂里时光，同学的大半是满洲人，满洲人都自命为贵族，很瞧不起汉人，往往挟势欺凌，横暴得要不得。淑卿恨极，就于去年请假回籍，临走时光，发誓道：'汉族不光复北京，我吴淑卿再也不踏到这里来。'又向满洲人道：'你们这班满奴，休要欢喜，灭满兴汉，为期不远，瞧你们还有几多时光横行呢？'满洲人听了都笑她是痴子，不去理睬她。淑卿回到汉阳，谋了一个小营业，自己养着自己，就这一桩，晓得她是个了不得的人呢。中国女子个个倚赖着男子，更有谁能够自立？这会子我们起义，一举手武汉三埠全全恢复，这个消息传到淑卿耳朵里，把她喜欢得什么相似，马上做了个禀，到都督府投递，自请从军。她禀里头有几句警句是：'能够保护国家，才可算是国民，国家如何保护？当兵就是保护的方法。无男无女，要做国民，总先要尽国民的义务。'"

　　一鸣道："一个女孩儿家，兀自那么勇敢、那么明白大义，一班懦怯男儿，对了吴淑卿，不都要惭愧死吗？但不知这桩事都督批准没有？"

吴德刚道："批准的，但叫她召集同志，自成一队女军。"

一鸣道："是要这么办，不然男混女杂，还成什么样子？"

当夜无话。

次日，出队上操，在路上传闻都督府昨夜拿住三名奸细，都督非但不去难为他们，并且还着实地优待，诱骗他们口供。操毕回营，忽报龟山顶上竖着龙旗，驻有官兵一营，都督已派宋队官开差前去攻打。

一鸣道："宋子文出去得，接续我也作兴派着，趁将令没有传来，到徐家去谈话一会子。"

随到标统那里请了个假，走到徐家。振华正在梳头，随在妆台旁椅子上坐下。振华问早饭吃过了没有，一鸣点点头。

振华道："有个女豪杰吴淑卿，在组织女子军士队，晓得没有？"

一鸣说："不很仔细。"

振华道："你总是假痴假呆，营外的人都晓得了，你营里头人反不知道？天下从没有这个理。我问你，到底许我随营不许？倘然不许，我就投入女子军士队去。"

一鸣道："你不要听信人家胡说，女子军士队、男子军士队，这名目我在营里头从没有听人谈起过。"

振华也不回答，起身开橱，拿出一张字纸来，递给一鸣道："有和没，我也不和你争论，请瞧这东西，瞧过你总也明白了。"

一鸣接来一瞧，见是一张真笔版印的东西，上写道：

    窃闻戎妆习战，宫人充孙武之兵，解织从征，胡虏
齿木兰之剑，须眉豪杰，巾帼英雄，自昔有为，本何

多让？

　　兹值重光汉业，勷力中原，同为黄族之留遗，敢循流俗而自弃，淑卿等素持铁血，粗谙兵械，愿集同俦，誓成义旅，用特发起组织，名曰女子军士队。纯以救助同胞，辅翼大军为宗旨，义旗乍举，志士纷来，当亦为都督所嘉许而亟欲观成者也。教卿谬荷公推，忝陪队长，时艰任重，幸凭众志以成城；学薄才疏，尤赖教言之时锡。爰采众议，暂定简章，分部进行。刻期成立，除已刊布招募并另订细则以期完备外，理合呈请钧诲，准予立案，庶几遵循有自，不致陨越贻羞。

　　翘首军门，不胜感祷，伏维乘鉴。

黎都督批：

　　据禀并章程均悉，该队长等，以纤弱女子之身，有慷慨兴师之志，军歌齐唱，居然巾帼从戎；敌忾同仇，足使裙衩生色。花木兰之投梭当户，用张挞伐之威；梁红玉之桴鼓佐军，应褫夺人之魄。孙武战术，想早习于吴宫；㛹娟才高，尤足光我汉族。

　　本都督钦兹盛举，极表欢迎，章程既简而易成，组织亦完而且密，自应准予立案，借以壮我军威。此批。

一鸣瞧毕，随道："我昨天回营，只听他们讲起，有一个十九岁女孩子在都督府进禀投军，名字叫什么吴淑卿。军士队不军士队，他们半个字也没有提起，你从哪里得来的？"

振华道："冠英在学堂里带回来的。她的同学有好多个投入

151

军士队，她也想投进去，因为岁数没有及额，不肯收。所以我要问你，如果真个不要我去，我自己也会去的。"

一鸣道："你这么的身子也要去从军，真真太不自量了。"

振华道："我又不是残疾，又不曾风瘫，也是完完全全一个人呢。"

一鸣知道振华脾气，不论什么事情，她立了志要做，一定总要做成功了才肯歇手，恁你怎样劝解，怎样阻挡，总阻止不住她的。只是放她去投女子军士队，很不妥当，同队之人哪一个肯像我这么照顾她？还是叫她跟着我的好。主意已定，随道："振妹妹，你一定要跟我去，我也没法阻止你，只是先要约法三章：乔扮第一要乔扮得好，军务重地，闹穿了不仅是被人家笑话，你我两人性命都在里头；第二上官文书，凡是应守秘密，你就瞧见了，可不许讲说出去；第三调赴前敌，无论我经着如何危险，你只准在营里头守候。能够听我，我就答应你。"

振华道："好好好，都依从你了，你且坐一坐，待我梳好头就同去见妈妈。"

一时晓妆完毕，见过徐太太，回明随营赴敌一事。徐太太如何肯依？经一鸣拍胸担保，再四慰说，才说得答应了。振华此时快活得登了仙相似。只见冠英笑嘻嘻进来，手里拿着一张报纸道："姊姊请瞧，那是民国新发行的机关报。"

振华接来一瞧，是张《新汉日报》。先瞧几条专电，载的大半都是捷报，不是某处克复，就是某城响应，大有秋风扫叶的热脉。因问一鸣道："这报纸几时组织的?"

一鸣回说不很清楚。

冠英道："姊姊瞧下去，有一篇很好的好文字呢。"

振华道："什么好文字？想来总是檄文了。"

冠英道："那是一封信，你翻过去就知道了。"

振华翻过一瞧，果见标题写着《鄂军都督致满政府书》，其文道：

满政府诸执事公鉴：

迩来军务倥偬，未遑肃启候祉，临风怀想，惶愧莫名，特诸执事视明听聪，谅必洞悉本都督起义之苦衷，不我峻责也。

夫兵凶战危，古训昭昭，本都督才虽不敏，曷尝罔知。然其所以如此披甲砺兵、枕戈饮血者，非好为首先发难，徒负光复汉室之虚誉。实以祖仇所在，人心所趋，事势有不得不然耳。

夫中原之土地，皆我汉族祖若宗，暴霜露，斩荆棘，以有此神州大陆也。中原之人民，皆我黄帝之苗裔，万世一系之血统也。中原之政教礼俗衣冠文物制度，皆我圣哲贤豪之脑力之心血所组织之而庄严之者也。历朝相承，未之或易，虽天间蒙古，以夷猾夏，不百年而朱明即起而攘复之。降及末叶，闯贼篡窃，伪朝假应援之美名，标讨贼之大义，破走闯贼，窃据燕都，于是衣冠文物之邦，沦于腥膻，华夏神明之胄，陷于胡虏矣。

本都督每读史至此，未尝不掩卷叹息，椎心泣血也。及观多尔衮《与史可法》一书，犹云我朝抚有燕京，得之于闯贼，非取之于明朝。噫！斯言也，将谁欺，欺天乎？譬之一室之内，有家贼盗窃，主人不能钳制之，同里之夫，起而援之助之，未始非为义举？

153

及入其室，家贼甫除，旋乘其隙而驱逐其主人，盘踞其家室，攘夺其财产，其为害也，较家贼有十百千万者，而犹曰，我得之于盗贼，非取之于汝家，有是说乎？伪朝之盗窃中原，得勿类是也耶！

呜呼！君父之仇，不共戴天；春秋之义，有死无二。我汉族痛念祖国沦亡，思欲光复旧物，无奈天不祚汉，卒至一二忠臣烈士流涕顿足，一死以报国。若史可法辈，不亦大可哀乎？他若顾亭林、黄梨洲、王夫之三先生，皆以明末大儒，怀复仇之大义，转徙流离，一不得遂，卒窜于穷山荒谷间，著书立说，以终其身，盖亦足悲矣。

夫《春秋》一书，内中国而外夷狄，所以严夷夏之防也。伪朝以夷乱夏，盗窃神器，纵能一视同仁，勿分畛域，而我炎黄帝胄，尚欲复仇雪耻，殄彼胡虏。况乃假袭其政教，更易其衣冠，变乱其礼俗、文物制度，各省要隘，预设驻防，文字兴狱，株连无罪。其任官也，内而阁部，满奴十居八九，外而督抚，汉族十仅二三；其收赋也，汉族抽捐纳粮，取尽锱铢，满奴坐食公饷，用如泥沙；其定制也，满汉显分畛域，无通婚之典；其颁律也，满杀汉族，罚金二十四两，汉伤满奴，赔抵殃及妻奴。诸如此类之不平等，屈指而计，不可胜数，此仁人志士所以益愤惋而不平者也。犹幸洪杨起义，志在恢复，东南半壁，无复贼有，汉家山河，将复我旧，讵料曾左李骆诸巨奸，不辨忠君爱国之谊，误解食毛践土之言，群为伪朝效走狗，竞先驱，出死力，以战争胜疆场，残残种族，大江南北，蹂躏何堪设想。湘楚军弁，

154

死亡不胜枚计，血流漂杵，肝脑涂地，戕同胞以媚异族，久为天下讥讪。此凡有血气之伦，每一念及，莫不发指眦裂，引为深恨者也。

厥后胡后垂帘，秽乱宫禁，亦助专权，鬻卖爵位，英明贤哲之士，党锢海外，卑污恶劣之徒，弹冠朝中，犹复标榜维新，大肆搜刮，敛民膏而侈修宫苑，借外债而抵卖路矿，虐政密如蛛网，生民坠于涂炭，人神同嫉，天地不容。以致水旱迭臻，彗星示警，祸乱无已，盗贼纵横，天人之向背，不待智者而后辨也。是故慷慨激昂之士，仰观天象，俯察人事，咸欲殄灭满族，以雪乃祖乃宗之耻辱，诛戮汉奸，以登亿万生灵于衽席。徐锡麟、汪兆铭之暗杀尚已。彼广州今年三月二十九日，我同胞志士，爰举义旗，轰击奴署，事虽未成，其精忠义气，震烁乎天地，照耀乎日月。未几，川人反对路归国有，乃爱国之愚衷，诸执事茫焉不察，一则曰格杀勿论，再则曰民气嚣张。其尤奇者，昏庸贪狠之瑞澂，竟声言鄂军悉不足恃，缴勒枪弹，转给旗兵，昼夜防御，如临大敌，本无事也，而伊故为惊张，以震骇耳目，人心为之大愤，加以网罗无辜，立予极刑。

我同胞素怀光复之志，值此残恶不仁之秋，振臂一呼，弹如雨注，而义旗以立，而满奴以窜，而汉奸渠魁以潜逃，时八月十九日事也。此固我汉族之义勇奋发，有以致之，要亦知伪朝命运之已尽也。当此之时，天地为之开颜，山河为之含笑，野叟、老妪、庸人、孺子为之踊跃欢呼，声闻数十里，天心与人事相倚伏，人事与天心相感召，天与人归，千载一时，我祖若宗，含垢忍辱，屡欲报复之而不遂者，今乃得始见之矣。

本都督既承同胞推举，不能不和衷体国，以坚同仇之志，伸讨贼之义，颠覆恶劣政府，建立共和国家，上为祖宗雪耻，下为生民请命，各省檄文未传，而群率响应。列强通告甫至，即默认公团。我军士气愤风云，勇撼山岳，天堑不难飞渡，投鞭足以断流，驱逐小丑，人自为战，逐北军前，所向无敌。

现在，军气奋勇，竭力战备，迭请北渡黄河，直捣燕京。本都督默念伪朝，恺悌为怀，岂忍大加诛戮？无如众军士深恨胡虏，虐我族类，势必殄灭无遗，且其窃据中原几三百年，生享福禄已十一世，诸执事倘笃念种族，厚爱逆竖，宜劝令削号归藩，称臣纳币，则满洲之老巢犹存，附庸之保护仍旧，诸执事诸庶可免灭族之惨，本都督亦不居屠杀之名。若其眷恋穷城，徘徊栈豆，汽笛一声，大军瞬息云集，天戈所指，丑族必无噍类，胜负之数，无待蓍龟。惟诸执事实图利之。诸执事服政有年，主持至计，必能深维利害，宁忍随俗浮沉，去就从违，应早审定，种族存亡，在此一举。本都督誓师宣志，有进无退，众军士破釜沉舟、前仆后继，愿诸执事急以保种为心，毋贪中原富厚之利，而重种族绝灭之祸，本都督实有厚望焉。

云天窎阔，延歧为劳，书不宣意。

振华道："这一封信，文字虽然很好，但是递给满洲人，也不过是浪费笔墨。"

156

一鸣道:"少倒也少不来的,停日子,小说家编撰起《清史演义》来,倒是天造地设两根线索。清朝得国时光,有摄政王《致史可法》一书,亡国时光,有鄂都督《致满政府》一书,两封书信,宛似两支挺柱,遥遥相对,岂不是绝好章法吗?"

一鸣辞了振华,回到营里,干了一会儿公事。吴排长上来道:"宋队官奉令汉阳去领取军火,共取到机关炮六尊、野炮二十尊、炮弹一万颗、五响快利三千杆、枪子一万五千颗。瞧光景,这几天里头总有大战呢。"

说着,都督府派人来传今晚口号,一鸣起立听受。那人说过,又到别营传说去了。

一鸣向众兵士道:"大家可都听得了,口号是营里最要紧事情。昨晚辎重营两个正目,不是为错了口号,被守门兵士用洋枪当场打死的,你们谅也都知道。"众兵齐声答应。

忽报有客来拜。一鸣问是谁,那兵士道:"很标致一个少年,问他姓名,只是不肯说。"

一鸣听了,好生疑惑,跟着兵士出外一瞧,只见营门口站着一个少年,像临风玉树一般,头戴西式便帽,身穿湖绉棉褡,杭缎马褂,脚上时式缎鞋。举止从容,丰神潇洒,面庞很是厮熟,只是在哪里会过,再也想不起。

那少年一见一鸣,拱手道:"一鸣兄,久违了。"

一鸣还过一礼,请进营房坐定,问道:"尊驾贵姓台甫?兄弟在哪里和尊驾会过面,一时间竟想不起了。"

那少年笑道:"一鸣兄云蒸龙变,一路好际遇,竟连小弟也不认识了。"

一鸣道:"面熟是很有点子面熟,只是想不起,还请恕我健忘。"

那少年道："既是想不起，我也不便通名道姓，就此告辞，待一鸣兄想起了，还过来奉候。"说毕，站起身，向外就走。

一鸣见这少年来得突兀，去得稀奇，心下愈加诧怪，忙道："还请坐坐。尊驾此来，究竟有何见教？"

欲知少年究系何人，且听下回分解。

第十一回

抢巨炮排长立奇功
竖国旗全军呼万岁

  话说一鸣百忙里逢着了个奇怪少年，忽然而来，忽然而去。正要拖住问个明白，忽见少年翻身转来，笑道："一鸣兄，竟不认识小弟吗？过来过来，兄弟和你讲一句紧要话。"

  一鸣见了那样子，一似很熟识的人光景，不觉疑惑上更加了几分疑惑。

  那少年见一鸣不肯近身来，笑道："陆军队官，怎么这么胆子小，难道兄弟身边藏有炸弹吗？"说着，探手怀中，果然像掏取炸弹似的。

  一鸣心里已经突突乱跳，面孔上还故意装出镇定的样子。霎时，那少年已把东西探取出来，是一纸小小名片，随道："吾哥休慌，小弟不见是暗杀党呢！"

  说着，早把名片递上来。一鸣接过一瞧，见上写着"徐振华"三字，不觉直跳起来，连说："好好好！很好，很好！我竟被你瞒过，你这本领真是不小。"

  振华走上一步，悄言道："耳目众多，讲话还请留心一点子。"

  于是重到里头坐定，讲了好一会子话。临走约定，一有出发

159

日期，即当关照，预备同行。

振华回到家里，自去收拾行囊铺盖，暂时按下。

却说一鸣在营，终日督领本队兵士，上校场操练，预备开差赴敌。这时光，军政府派赴前敌兵马已有两标光景，军情战报每天总有数起，团近各府州县纷纷归附，四乡乡民都把牛羊米麦送进城来捐助大军。都督又要筹划战守方略，又要抚绥归附各州县，又要嘉奖助饷各乡民，真忙得个不可开交。

一日，军政府发下将令，要黄一鸣督率本队开赴前敌，听候朱标统调遣。一鸣不敢怠慢，一面知照振华，一面令军士们收拾行装，等到各军士收拾完毕，振华也早来了。于是喝下口令，整队出发。黄一鸣带的都是步队，军装完备，皮鞋黑而有光，一斩齐地举步直前，十分威武。朝晨七点钟，开步出城，乘坐小轮过江，差不多已有八点钟，到汉口华界起岸，火车站专车已经预备定当，坐上火车，飞一般向北行驶，霎时已到刘家庙。从玻璃窗里望出去，见刘家庙高扯着白旗，有好多名军士捐枪矗立，在那里守望，无奈车行快不过，一瞬眼就过去了。到武胜关相近，望见远远扎有营棚，知道已经行到。果然汽笛一鸣，火车停住，众兵陆续下车，整队而行。

将到营棚，一鸣传令站住，自己先到营里，见过朱标统。才说得三五语，就见一匹马如飞而至，晓得就是本标的侦探队。只见那侦探队滚鞍下马，进营报说："北军一大队，约有三四千人，离这里只七十里光景，已在安营下寨了。"

标统道："难为你侦得头报，且休息一会子，再去侦探。"

那人听说，欢天喜地而去，接着第二侦探队又来报说："北军派有测绘生六名，带着器具，在六十里外测量地势。"

标统立传游击队，带足子弹，出外巡哨。游击队队官答应一声，带领本队飞一般去了。

标统向一鸣道："你老哥来得正好，作兴今晚就要相烦呢！贵队才到，且请安营休息。"

一鸣退出，随令支搭营棚。军营中命令，真是严不过，一霎时，营棚全都搭好。

这一夜总算没有开战。

次日，天色微明，标统早有号令到来，叫一鸣带领本队，跟随炮队，开赴前敌。振华听说，拉住一鸣袖子，定要同去。一鸣因限于时刻，不便和她多缠，只得答应，随令振华也改装作军士模样，跟随大众一齐出发。可怜徐振华，本系深闺弱女，寻常出门三五里路也要坐一肩轿子、跟上个把老子照料照料，这会子为了一缕情丝，跟随大队同唱军歌。才出营门，就觉晓风扑面，寒气袭人。抬头瞧那天时，鱼肚白的颜色，晨星寥落，三三五五在云里头依稀隐约地似明似灭，回顾东方，微微有一线红光，知道太阳还没有出。

走了一会子，一鸣喝令站住。众军士一齐止步，就听轳辘轳辘一阵车轮响，黑隐隐三五百个人，自南而北，知道就是炮队，那车轮响，就是炮车行路的声音，炮队在前，步队在后，两队兵会合了出发。此时一轮旭日已经渐渐东升，瞧见各兵士捎着的洋枪，滴滴露水竟和汗珠儿似的，啪啪啪啪啪啪，排枪声像贯珠一般，晓得大队已在那里开战了。

又走了一个多钟头，果和大队相接，所离只二百步光景。朱标统骑着马，亲在那里督战。大军二千多人，分为两大队，雁翅般抄逼而前。轰然一声怪响，就见左翼大军忽地缺了一只角，随见后队的人纷纷上前，一眨眼，所缺的地方早补住了，依旧雁翅般两个翼子。怪响又作，右翼大军又缺掉了一块。

这时光愈行愈近，瞧得较为亲切，缺的所在，是被敌炮打中的，七横八竖，躺了一地尸身，约有一二十个，有缺了头的，有缺了手足四肢的，有洞肚穿肠血肉模糊的，也有气息没有绝尽、被尸身压在底下的，种种惨状，不一而足。那大军都要紧上前打仗，谁有工夫来管理这种尸身和垂死未绝的人呢？只见后队的队官挥刀喝令道："努力！向前！"众军士又纷纷上前，右翼缺的地方一眨眼又补上了。

忽见一个军官骑着马飞一般驰来，口传标统令道："炮队快上来，离敌军只八九里了。"

随见炮兵纷纷排炮装弹。朱标统把旗帜一挥，前队大军顷刻间开一个门口来，接着炮兵就七手八脚地开炮，六尊野战炮一齐发起怪响，轰天震地，六个开花弹劈着空气哧哧有声。浓烟过处，早见敌军伤掉了一大块，约莫也有七八百人。敌阵怪声又起，炮弹专向右翼打来，右翼军士伤得最为厉害，却因军令严不过，没一个人敢退缩，随伤随补，步步向前。炮兵车着炮，连环开放，敌军死的也真不少。

这时光，两军都靠着炮队，炮火连天，炮弹如雨，打了足有三个多钟头。北军支持不住，渐渐退去，这里也因子弹缺乏，不敢深追，两面都各收队。

朱标统检点军士，共丧掉九十多个人，其余受伤兵士都叫抬上火车，载回汉口去医治，一面打电禀知都督。

一鸣问振华道："你头回上战场，胆怯没有？"

振华道："说也奇怪，我往时杀鸡都不要瞧的，这会子不知怎样，看见你们打仗，自己勇气也会升起来的。好似北军都是我的冤家，南军都是我的亲家，伤掉一个南军，就想奋身前去替他报仇才好。"

162

一鸣道:"这就叫作同仇敌忾。"

当下吃过饭,大营又有军令下来,叫拔队出发。一鸣立刻督率本部,依次进行。那前部大军早已枪炮齐施,和敌军杀得不可开交了。振华偷眼远望,见步队在战场上都匍匐而行,远望去,宛如几百只伏虎相似,炮队护翼着,步步前进。忽听一鸣喝下号令,叫众兵士傍树而行,恰恰面前有一带树林子,那树一株株倒都参天合抱,茂盛异常。众兵士依着树林,走不上几步,一鸣就令向敌开枪。众人得了这个令,顷刻把枪装子开放,啪啪啪啪啪啪,百枪并举,千子连飞,敌军晓得,忙也还枪相敬。无奈这里有树林子遮蔽着,人都隐在树木背后,打来的枪可怜白费掉子弹,一个人也没有伤掉,这里众军士倒都捉死老虎似的枪枪都着,记记都牢。正在起劲,忽听一鸣传下号令道:"敌军开炮了,兄弟们仔细这……"

"这"字未绝,震天撼地般一声怪响,参天合抱的大树早摧倒了三株,连干带枝,横了个满地。振华不觉骇然,暗忖:这炮子倘打着在人身上,不知现出怎么个样子?轰然一声,第二个炮子又到,击得树顶上叶儿纷纷堕落,轧剌一响,中间那株巨树又折断了。

一鸣和众兵士齐齐伏倒,振华也只得匍匐而行,恰恰和倒下的树身差不多高下,所以敌炮虽然厉害,人却半个没有伤着。众人伏倒步行,且战且走。

吴排长忽道:"队官,我们离敌人放炮的地方只有五六百步路了,索性冲过去,抢他的大炮。"

一鸣回说很好,吴排长就率同本排兵士,风一般迅扫而前。敌军瞧见,忙开排枪击射,弹丸枪子,密如雨下。吴排长鼓着勇气,冒进不已,愈行愈近,吴排长已和炮兵碰着,两队兵士就各

163

把短兵厮杀起来，两军大队各因顾累自己人马，不敢开枪助击。厮杀了半个多钟头，一鸣恐防吴排长有失，亲自督队接应，只见吴排长拖着两尊炮，飞驰而回。北军追上来，一鸣恰恰杀出去，一阵排枪，就把北军杀退。那时匍匐而行的步队已经杀到，飘风骤雨一般，迅扫而前，北军抵挡不住，回头就退，南军整队追赶，行伍步伐一丝不乱。追到壕沟相近，枪声起处，前队军士纷纷倒地，知道壕沟里伏有敌兵，前队司令发下紧急命令，叫众兵士匍匐前进，排枪都向壕沟里开放，众兵士踊跃前趋，枪弹上上落落，宛如万千蜜蜂在空气里头飞舞。

振华随着一鸣兵队继续前进，那枪弹从耳朵边掠过，呼呼作响，有几个兵士被流弹打中了，滚在地下，呻吟不已。众兵士愈进愈前，愈打愈猛，壕沟里敌兵抵敌不住，跳起身，拼命飞奔，南军冲过壕沟，趁势就抢了营寨。朱标统传令："先把黄龙旗除掉，换上民国星旗。"就有一个士官手拿星旗，奔到旗杆底下，把旗绳松放下来，抽掉龙旗，架上星旗，扯了上去。

这时光，全营军士齐声呼起"万岁"来，威武得要不得。朱标统把营里头各种东西悉行检点，登载了册子，一面差人回武昌都督那里报捷，一面派马队在本营左右数十里内轮番巡哨，以防敌军袭击。此时，众兵士都坐地休息，振华虽没有助战，奔走了这许多路，也觉着筋疲力尽，坐在地下，只是喘息。

一鸣道："何苦来？住在家里头，岂不安逸？"

振华道："住在家里头，身子是安逸了，心里头却不安逸。在这里，身子果然劳碌点子，心里却很安逸，有心里头劳碌，还情愿身子劳碌呢？你前遭在汉阳时光，我这几天里头，坐也坐不稳，睡也睡不安，那才叫难过。"

一鸣道："这会子妈妈在家里，你倒不记念她吗？"

振华道："妈妈有妹子陪着，武昌城里又没什么变兆，记念她怎的？"

忽见一人拄着拐进来，振华忙止住了口。一鸣抬头，见是吴排长，忙问怎么拄着拐，伤了哪里不曾。

吴排长道："左腿上中了一弹子，是对穿过的，想来就抢夺大炮时光伤着的。那时专心一意抢夺大炮，倒也没有觉着，直到回营，伸手裤袋里摸取东西，觉着冰冷一块湿透，低头细看，一大摊都是血迹，才晓得腿上受了伤。军医替我上了点子药，缚上了白布，现在别的不觉着什么，走起路来稍微有一点酸痛罢了。"

一鸣道："还是睡睡，将养将养的好。"

吴排长道："这点儿小伤都要将养起来，一营人不都跑光了吗？北军杀过来，还叫谁去抵敌？我们当了军人，耐苦耐劳，都是本分，若要怕痛，早躲在家里头充当公子哥儿了，还跑出来做什么？"

振华不觉起敬道："排长真是好男儿，个个人都像排长这么勇敢，不到一个月，北京就可恢复了。钦佩得很，钦佩得很！"

一鸣道："我们当了军人，自应得这么样。"

正说着，一个军士走进道："军医先生来复诊了，请排长回房去。"

吴排长拄着拐自去了。

振华道："这吴排长真了得，中国这么的人，只要有个二十万，休说排掉几个满奴，就要横行天下也不烦难。"

一鸣道："那倒不然，古人说得好，师直为壮，曲为老，这番义举，名何等的正，言何等的顺，自然勇气百倍。倘要穷兵黩武，全地球人数，比了中国究竟多起二倍有余呢。"

说着，一个军士进报："标统有令，请黄队官立刻就去。"

一鸣站起身，跟着那军士去了。一会子回营，振华问什么事，一鸣道："标统叫我督着本队军士，在本营左近巡逻查察。"

振华道："那么晚上没有觉睡了？"

一鸣道："充当军人，吃喝睡觉本都是余事，打仗才是本分事情。"

振华道："这会子才晓得军人是不能不重视，众人的自由、众人的幸福，都是军人颈血换来的。不踏到战场上，哪里晓得军人的苦难？"

一鸣道："当军人的，无非抱着一颗救国热心，又不想什么功名，图什么权力。"

说着，吃饭时候已到。一鸣、振华和众军士吃毕晚饭，严装戎服，上差巡逻，到十二点钟，有别个官来替差，一鸣才回营帐歇息。这一夜总算没事。

次日一早起身，标统就有令来，叫排队出营迎敌，侦察队才报："二十里外又有敌军杀奔前来也。"

一鸣早饭也没工夫吃，叫各军士各带了点子干粮，跟随大队一齐出发。此时旭日初升，阳光普照，战场上静荡荡的，只有司令官口令声、马蹄声、步队皮靴声、炮车轮盘辘辘声，夹着呜呜军乐声，军旗映日，杀气腾天。振华见了那副情形，不觉也雄心勃勃起来。

行了六七里路，前面敌军早都望见，约莫二三千人光景。司令官把旗一扬，全队军士顷刻分为三排，宛似三座太行山一般。司令官又喝一个口令，众军士齐把枪头向上，机关扳处，枪声轰然，却都是空枪。这一来，仿佛打了个照会，是关照敌军要开枪的意思，敌军倘然投顺，第二排实枪也就不放了。晓风拂过，枪烟都散，向云里头去，远望敌军，白旗高扯，果然都是来投顺

166

的。司令官传令欢迎，于是军乐大作，三军之士齐唱军歌。

北军愈行愈近，司令官又派马队奔前迎接，一时马队队官和着北军统领，并马而来，见过朱标统，才知这一大队北兵都是湖北人，不愿为人爪牙，自残骨肉，所以一到就降。朱标统大喜，开队迎接，当下两军合队奏凯而旋，朱标统又忙忙备文申报武昌都督府。

过了一天，都督府特派杨参谋解送牛酒银两，前来犒劳。朱标统亲率全营将校开门迎接，杨参谋代表都督致意道："黎大都督因为军事旁午，不克分身，特叫兄弟代为致意。这一役出战各将士刚毅果勇，克取敌营，招降同志，深堪嘉许。黄牛二十头、胡羊五十头、绍酒三十坛，不好算什么犒劳，无非请众位弟兄乐一天罢了。再，出力各队，每队发洋一百元，就请各队官均匀分给。都督还有两句紧要的话交代众位，是'幸生不生，必死不死'。众位无论临阵出队，总当要拿这八个字存放在心里头。"

众军士听了，没一个不欢喜。

杨参谋又道："都督有令，就请标统查一查，本营弟兄们战死的共有几位，受伤的共有几位？受伤的叫都载回汉口医院去诊治，战死的都要查明家族，从优发恤呢。"

朱标统连声答应，当下就请杨参谋进营，一面升坐中军帐，传齐各营将士，把银两牛酒一一发讫，阖营军士顷刻间欢声雷动。杨参谋犒劳完毕，就回武昌复命去了。当夜，都督又有四条训令到来。

一、各军士于战斗时，务必确见有敌人方准放枪，以免靡费子弹；

二、于战线上虽要敏捷，必有沉着之性质，方有益

167

于事；

三、战斗之胜败，全在乎精神，各军士务必鼓舞志气，将丑满灭尽；

四、军队赖乎纪律，各军士务必服从上官命令，方得完全之效果。

朱标统随叫捐牌传示各营，以备军士们遵守。

却说黄一鸣领到牛酒银洋，会集各排长颁分定当，当下宰了一头牛、两头羊，阖队军士欢欢喜喜吃了一天。到明朝，振华想吃炙肉，问一鸣牛肉还有没有。

一鸣道："只有生的。"

振华道："好极了，我是要生的，好生了火，炙来吃。"

一鸣道："那是满奴吃品，营里头不行的。"

忽传标统有令，叫黄队官出营迎敌，北面又有敌军在杀过来。一鸣接过军令，火速戎装出队。

振华道："怎么大军都不去，独独咱们一队出发？"

一鸣道："那是军令，谁敢细问？朱标统做了总司令，想来总有神谋秘计的。"

说毕，高声喝令："立正！向上数。"

众军士一一数毕，数目不错。

随喝："开步走，向左转！"

全队军士武勇严肃，浩浩荡荡向北出发。振华回头瞧看后面，见炮马两队接着上来，想必是前来接应的。

欲知此去胜负如何，且听下回分解。

第十二回

睹病状肉跳心惊
闻捷音眉飞色舞

话说振华回顾后面，见有接应军队，才放下了心。

行了一个钟头，离开本营已远，遥望前途，果见一大队敌军缓缓而来。一鸣喝令排开众军士，依着指挥排成个"人"字阵，整步向前。又下个命令，照例是空枪轰然发声，瞧见敌军白旗招展，晓得又是来投诚的，随把指挥旗一挥，人字形军队顷刻变成功纵阵，宛如一字长蛇阵相似。一鸣喝令众军士唱歌欢迎，众军士提起喉咙，高声喝唱道：

前敌诸君，英烈堪钦，追奔逐北，威震虏廷，磨刀霍霍，汉奸遁形，鼓勇直前，誓清北平。唯非天时，秋风草冷，胡儿马肥，防其南侵，勤劳任务，勿恃战胜，由来创业，成于坚忍。风动雨立，征马长鸣，车尘不扬，我武士行，慎尔衣服，勿为寒凌，引领北望，怀我远人。

一边唱，一边走，欢欣歌舞。两军愈走愈近，相离只一里多遥，哪里晓得敌军忽地开枪，啪啪啪啪啪啪，枪声起处，这里军士措手不及，都被打倒。一鸣知道中了敌人诈降谲计，忙喝开枪还击，哧哧两粒弹子，劈空气来，一粒中在左肩，一粒中在右腿，吃痛不住，跌倒在地。振华拼命去扶，一时哪里扶得住？问他怎样，咬紧牙关，摇摇头，只是不答。振华见了这个样子，唬得几乎要哭出来，忙喊："队官受伤，跌在地下，你们快来扶他回营去。"众人要紧向前相杀，谁有工夫来理睬？一时后队骑、炮两兵赶到，炮兵格准了炮线，连环开放，一阵乱打，才把敌军打退，收队回营。

振华极声叫喊，马队队官黄克强闻声赶到，认得是一鸣，慌令兵士扶掖他上马。

此时一鸣已经醒过来，见振华、克强都站立在面前，随道："我是没甚要紧，伤得还轻，步队兵士怎样了，请克兄照顾照顾。"

克强道："你只要安心静养，贵队受伤兵士我自会护载他回去。"

一鸣问振华道："本队同胞受伤的共有多少，失命的有没有？"

振华道："不曾仔细调查，大约三分之一总有。"

一鸣又向克强道："费神照顾照顾。"

克强随令众兵士都把座椅让下，扶伤兵上去，能坐的坐，不能坐的就平卧在马背上。一鸣也平卧着，一个人拉缰，两个人扶掖，左边黄克强，右边徐振华，慢慢地回营来。

回到营里，朱标统接着，亲自抚慰一遍。军医忙来诊治，先瞧黄一鸣，解开衣服，细细瞧视，伤痕虽重，幸得枪子都已钻出，尚无大碍。上过药，扎缚好绷布，嘱令安睡一下子，还防要发热。嘱咐过了，又去诊治别的兵士。

振华坐在旁边，目不转睛，瞧着一鸣。一鸣几回叫她外面去散散，振华只是不肯。一会子，标统传下号令："受伤将校都用车子载上火车，转载到汉口医院去医治。"

振华总算是家人，上车落车，半步不肯相离，直照料到医院里。医生因一鸣是个队官，另外预备了一间房间，其余兵士就都在众房间里。振华殷勤服侍，全夜衣不解带坐在床沿上，眼睁睁只向一鸣瞧看。见他沉沉睡去，那两边面颊上渐渐红涨起来，红得和玫瑰花差不多样子，伸手轻轻摸去，滚热发烧，手都几乎烫痛，静心默坐，忽听呻楚之声连续不已，一阵阵都从众房间里传递过来。暗忖：那班军士家里头一般也有着父母，有着妻子，有着儿女，这会子睡在这里养伤，家里音信都没有知道。记得一鸣调赴汉阳时光，自己在家里头求神问卜，乱得什么相似，现在众兵士家属不知可和我那时差不多光景。正在思索，忽闻一鸣微微呻楚，慌忙低头轻问。

一鸣道："我想翻一个身。"

振华听说，忙横下身子，伸进左手，枕住一鸣的头，把右手扳住他左肩，轻轻扳过来，翻好身，轻问："现在可舒服点子？"

一鸣道："热得很，你替我把被头退下一点子。"

振华举手替他把被轻轻揭下。

一鸣又问什么时候。振华摸出表来瞧时，长短针齐指在一点钟上，遂道："十二点五分了，你要吃点子什么不要？"

一鸣道："你也乏了，歇歇吧！"

振华道："我还好。"

一鸣道："我现在又不要什么，白坐着做什么？"

振华用手摸他的额角，觉烧得稍微好一点子。一鸣又催她睡道："我伤着，全靠你看护我，你这么硬熬，熬出了点子病来，叫我还靠谁呢？"

振华听他这么说了，只得和衣睡下。看官，大凡病人发烧时光，受不得凉的。振华没有经验，替一鸣退下了一点子被头，未免受着点儿寒凉，这夜竟然大热起来。翻来覆去，说了一夜胡话，所讲尽是战场打仗杀敌事情，忽而唱两句军歌，忽而喝两声口号。振华唬极了，慌忙关照医生，医生进来瞧过，急配一味药水，叫振华灌给他吃。振华用小匙儿把那药水一匙一匙灌完，见他稍微平静点子，才放下了心。

哪里晓得到明朝，重又发烧发昏、乱语胡言，热得眼睛都红起来。振华报知医生，医生跟进房，见了那副情形，眉头就皱，用寒暑表一诊他的热度，把头正摇。振华急问如何，医生摇头道："照病情不很妙呢！"

振华一急，不觉双膝跪下，求告医生道："总要先生出力救他一救。"说毕，泪如雨下。

医生连忙挽扶道："何必如此？我总尽力替他诊治是了。"

振华收泪拜谢。这医生出去，又邀了两个医生来，重又诊视，三个人会议了好一会子，拟就一种药水，交给振华。振华等他们去后，爬到床上，把药水倒在杯子里，自己呷着，俯下身子，口对口儿哺给一鸣吃，一杯药水哺完，手脚也渐渐定了，乱话也渐渐住了。振华放下杯子，倒下身陪他睡了一觉。

忽听有人推门，轻轻起身，开出一瞧，见是个军官模样的人。那军官一见振华，就问黄队官怎样了。

振华道："正睡着，老爷有话，向我说了一般的。"

那军官道："既是睡熟着，也不必惊动他，我是都督府参谋夏某，奉都督命令，到这里来问候问候黄队官和各位军士。请黄队官且安心静养，明后天暇了，都督还要亲自来呢。"说毕，摸出十块钱军用钞票两纸道："这是都督一点子微意，叫黄队官收着，买一点儿小菜吃的。"

振华接了，就替一鸣道谢。那军官又到众房间去了。

振华暗忖：黎大都督待到将士，不异家人父子，怪不得人家都肯替他拼命呢。

次日，都督夫人又亲自前来殷勤致意。

一鸣自喝了药水后，虽不发昏胡话，却终是沉沉熟睡，直到第四天上，方才清醒，想吃东西了。醒来第一句话："我睡了几天了？"

振华告诉他三天。一鸣惊道："进医院已有三天了吗？"

振华道："进来第二天上睡起的，哪里不是三天？"

一鸣道："外面打仗事情怎么样？"

振华道："报纸有好多张在这里，你病了，谁再高兴瞧它？"

一鸣道："快拿来我瞧。"

振华随向台上拿了三张《新汉报》来，一鸣接在手中，先翻专电瞧看，只见上写道：

天津电：滦州、保定、德州、济南，皆有兵变警耗。

南昌电：南昌失守甚确，初五日丑刻兵变，抚署、皇殿、八旗会馆均被焚毁，冯抚越墙逃避，土匪焚抢甚烈。

173

正定电：民军占据山西太原府后，即分兵进据石家庄正太铁路总车站。

广州电：革命党首领孙汶，不日启程至汉，带有大兵舰三艘，其驾驶者皆为留英海军学生。

一鸣自语道："妙啊！我们也有海军了，打起北京来，就可水陆并进呢。"

再瞧下去，只见写着道：

北京电：

政府得太原警电，大震，已电直藩督军严防，并电豫抚速选劲旅，分布黄河南北，会筹防御。如果情形紧急，速毁铁路，以遏革军北上，闻有旨简袁世凯为内阁总理大臣。

初三日，八旗学堂学生及旗制处人员，联合禁卫军，密商汉人排满，势甚汹汹，与其坐以待毙，不如先将京中汉人屠尽，然后自杀。闻会议时，全体异常激烈，民尚桂春亦颇赞成。翌日，汉大员闻信，恐酿奇变，极力运动某贝勒、某中堂遏制，并将桂春调出民部，其祸始寝。

一鸣自语道："贼满奴该死该死，可杀可杀！"

重又瞧下去：

皇太后召见监国，泣数行下，谓大局已危，财政支绌，拟尽拨孝钦太后宫储，充作国用，以一半拨助军饷，一半接济京师市面。

监国谕王公以下，量力助饷，以纾国难。

京僚眷属，十迁八九，市面萧瑟，几绝行人。

目下时局，自满人入关以来，从未有此危急，如满人仍得保其皇祚，则实权将全被夺，朝廷徒拥虚位，而由汉人握政府大权。滦州兵士之举动，资政院之要求，太原各处之响应，实迫政府出此屈伏之策。

传闻宫廷如遇事急，将入某国使馆誓避，已得该国政府允认。

一鸣笑道："我军竟有那么声势，那真起义时光所万想不到的。"

振华道："只要始终如一，今年事情可以平的。"

一鸣道："我不知几时能够出去。各处都响应了，应该会师北伐。打掉北京是很荣耀事情，我挨不着，岂不坍台？"

振华道："前天都督派人来问候，还送二十块钱军用钞票给你买东西呢。昨日都督夫人又亲自前来承问，各军士每人都送两枝鲜花，你是队官，独独送了六枝。"

一鸣道："你为甚不喊醒我？"

振华道："都督夫人叫不要惊动呢。"

一鸣又问："这几天可有别的将士送进院来？"

振华道："不多，只五六个人呢。昨日医生说起，上海有个张竹君女士，发起了个红十字会，已有电报来知照，不日就要汉口来了。他们到了，医治得总应周到点子。现在人手少，伤士多不得，一多就要尴尬。"

一鸣道："武昌家里头也应写封信去关照，妈妈、妹妹没有消息，也要记念的。"

振华道："通了信，怕她们就要赶来呢。"

一鸣道："吴排长可曾出去？"

振华道："不曾吗？进了医院，都要服从医生命令，他说可以出去才能够出去，他说不能出去，只好住着。可不比家里头，进进出出，都能像着自己肚子呢。吴排长几回吵着要出去，医生向他说得很好。"

一鸣道："怎样说呢？"

振华道："医生说：'你在战场上总要听从总司令命令，进进退退，自己一点子主都不能够做到了。这里我可就是总司令，你不听我话，可就是违犯军令，我可就要军法从事的呢。'"

一鸣道："牛乳可还有？烦你替我温点子来。"

振华道："有的。"

于是点上洋风炉，温了一杯牛乳，又加上点儿白糖，授给一鸣，一口口喝了个干净。喝毕牛乳，就道："我想起来，到吴排长房间去瞧瞧他。"

振华道："忙不在一时，才好得一点子。"

一鸣截住道："不要说了，我是军人呢。这几天睡在床上，睡得身子娇嫩了，如何还好打仗？起来活动活动筋骨，也是操练的意思。"

振华道："你要散步散步，我也不便阻止你。只是医院里规矩，一举一动都要听着医生命令，待我去回了医生，医生肯答应，我总无有不可以的。"说着，就想去回。

一鸣喊住道："不要去了，我依你睡着就是了。"

说着，医生恰好进来，诊过脉，瞧过伤口，向一鸣道："大恭喜，队官这回的症倒很不轻呢，现在是不妨了。"

176

一鸣道："那都是先生诊治之功。"说着，拱手称谢。

医生道："黄队官可不必谢我，你这番能够转危为安，可不是我一人之功。"

一鸣道："先生太谦了。"

医生道："倒并不是谦让，你要谢可谢这一个人。"说着，就向振华一指。

一鸣愕然道："怎么倒要谢起她来？"

医生道："不是尊管切心看护，哼哼，黄队官，你这会子可就不忍言了。凡是医生医到病人，无论如何尽力，终不过三成着帐，那七成倒全靠在看护的人身上呢。"

一鸣听了，回顾振华，面孔上露出很感激的样子。振华因医生在前，很有点子不好意思，随问医生："我们主人想隔壁房间去瞧瞧朋友，行得吗？"

医生道："太嫌早点子，再歇一夜就得了。"

医生去后，一鸣还要和振华讲张，振华有气没力，十句里只有两三句回答。

一鸣道："为甚不理我，敢是恼了不成？"

振华笑道："好端端恼什么？"

一鸣道："既然不恼，为甚不甚理我？"

振华道："讲张不是要费精神的吗？你才好得点子，理应休息休息。"

一鸣道："你坐过来陪着我，我就不讲张。"

振华没法，只得到床沿上坐下。忽听砰的一声，隔壁房里大闹起来，好似有人在相骂似的。

一鸣道："什么事？你替我去瞧瞧。"

振华开门出外，一会子回来道："众房间里有个北兵，和我

177

们兵士闲讲讲，挑动了火，竟然相骂起来，打都打得成。后经吴排长劝开，说：'我们在战场上果然是仇敌，在医院里头却是朋友了，如何再好争斗？'"

一鸣道："这北兵也真顽固透顶。"

振华笑道："人人能够像我们那么，还要流什么血？"

一鸣听了，也就一笑丢开。当夜无话。

次日，振华写了封信武昌去。徐太太和冠英小姐就赶到医院来瞧看，临去时光，要叫振华同走。振华定规不答应。

一鸣自进了医院，亏得医生诊治、振华看护，身子一天一天强壮起来，每日饭后，踱到众房间里，和吴排长等闲谈解闷。后来，吴排长等一个个医好出院，一鸣心中万分着急，催问医生。

医生道："那原不讲什么先进来后进来，他们伤得轻，自然先治好，早出去；你伤得重，自然后治好，晚出去。"

一鸣没法，只得买报来看。

一天，看着专电，是上海光复，江苏光复，浙江光复，安徽、福建、广东、广西都光复，把他快活得什么相似。恰值振华进来，见一鸣面现喜容，问他何事，一鸣就把报上的事一一讲给她听。

振华道："那不是和我做的梦差不多样子吗？光景不大好呢！"

一鸣道："你又几时做过了梦？"

振华道："那还是你攻打汉阳时光。"遂把当日的梦详细演讲一过。

一鸣道："妖梦何足为凭？我黄一鸣此番出去，如不把北京克复，誓不结婚。"说着这句话，大有慷慨悲歌的意思。

又住了三天，伤口平复，医生许令出院。于是，一鸣、振华踊跃欢呼而出。正是：

黯黯神州二百年，义旗重建大江边。
拯民水火急援手，复我河山好仔肩。
笃志儿童迎汉帜，杖鸠父老数奸秦。
偶然披读扬州记，身入空门也愤然。

附录二：

陆 士 谔 年 谱

（1878—1944）

田若虹

1878 年（清光绪四年　戊寅）一岁

是年，先生出生于江苏青浦珠街阁镇（今上海市青浦区朱家角镇）。先生名守先，字云翔，号士谔，别署云间龙、沁梅子、云间天赘生、儒林医隐等。

《云间珠溪陆氏世系考》曰：

> 考吾陆，自元侯通食采于齐之陆乡，始受姓为陆氏。自康公失国，宗人逼于田氏，南奔楚，始为楚人。入汉而后，代有名贤，遂为江东大族。自元侯通六十三传而文伯卜居松江郡城德丰里，吾宗始为松人。自文伯九传而笏田公避明末乱，迁居青浦珠街阁镇，而吾族始有珠街阁支。

清代诗人蔡珑《珠街阁散步》述曰：

> 行过长桥复短桥，爱寻曲径避尘嚣。
> 隔堤一叶轻如驶，人指吴船趁早潮。
> 胜地曾经几度过，千家烟火酿熙和。

朱家角古镇水木清华，文儒辈出。仅在清代，就出了举人、进士三十余名。文人雅士创作的诗词、编著的文集，及专家撰写的医书、农书等各类著作达一百二十余种，名医、名儒、名家，层出不穷。

祖父传：寿铨（1815—1878），字仁生，号稼夫，捐附贡生，直隶候补，府经历敕受修。生嘉庆乙亥十一月初四申时，殁光绪戊寅十一月二十二日午时，享年六十四岁。葬青县十一图，月字圩长春河人和里主穴。配沈氏，子三：世淮、世湘、世沣。

祖母传：沈氏（1814—1889），享年七十六岁。

《云间珠溪陆氏谱牒》曰：

> 洪杨乱起，遍地兵氛分，相挈仓皇避乱。乱事定而故居半成瓦砾，于是艰苦经营，省衣节食，以维持家业，及今已逾二代尤未复归。观然守先等得以有今日，则沈儒人维持之力也。

父传：世沣（1854—1913），字景平，号兰垞，邑禀生，生咸丰甲寅十一月二十日寅时，殁民癸丑二月二十七日戌时，享年六十岁。配徐氏，子三：守先（嗣世淮）、守经、守坚。《云间珠溪谱牒·世系考》记曰："吾父兰垞公讳世沣，字景平，号兰垞，邑禀生。聘温氏，生咸丰甲寅十一月二十四日寅时，殁同治癸酉六月十三日。配徐氏，生咸丰乙卯八月三十日。"

守先谨按：徐孺人系名医山涛徐公之女。性温恭，行勤俭，兰垞公家贫力学，仰事俯育悉孺人是赖，得以无内顾之忧。一志于学，成一邑名儒，寒窗宵静，公之读声与孺人之牙尺、剪声，每相呼应，往往鸡唱始息。今年逾七十，勤俭不异少时。常戒子孙毋习时尚，染奢侈俗，可法也。

兰垞公生子三人：守先居长；次即大弟守经，字达权；三即小弟守坚，字保权。

184

守先谨按：公性孝友，事母敬兄家庭温暖如春。母沈孺人病，亲侍汤药，衣不解带，旬日未尝有惰；容兄竹君公殁，出私财经纪其丧，抚其子如己子。艰苦力学，文名著一邑。于制艺尤精。应课书院，辄冠其曹而屡困。秋闱荐而未售，新学乍兴，科会犹未罢，即命儿辈入校肄业，其见识之明达如此。其次子，守先之弟守经，清华学堂毕业，留学美国政治学博士，司法部主事、厦门公审会堂堂长、江苏地方审判厅厅长、淞沪护军使秘书长；其幼子守坚，毕业于南洋公学铁路专科，沪杭铁路沪嘉段长。"皆驰声军政界，为世所重。"兰垞公为其后代定辈名为："世""守""清""贞"。

嗣父传：世准（1850--1890），字同元，号清士，同治癸酉举人，大挑教谕，内阁中书。生道光庚戌七月二十一日，殁光绪庚寅十月初十日，得年四十一岁。

《陆氏谱牒·河南世系》记载："寿铨长子世准，字同元，号清士，同治癸酉举人，大挑教渝，内阁中书。生道光庚戌七月二十一日，殁光绪庚寅十月初十日，得年四十有一。"

《青浦县续志》卷十六（人物二·文苑传）曰："钱炯福，字少怀，居珠里。为文拗折，喜学半山。同治庚午副贡。癸酉与同里陆世准同领乡荐。世准字清士，亦工文。"

《云间珠溪陆氏谱牒》曰：

公刚正不阿，任事不避劳怨，终身未尝二色。应礼部试，过沪江，同年某公邀公同游曲院，公秉烛危坐，观书达旦，竟无所染。角里路灯，系公所发起，行人至今便之。市河淤塞，公聚金开浚，今已越四十年，执政

185

者无复计议及此。

嗣母传：石氏（1851—1914），生咸丰辛亥八月十一日亥时，殁于民国三年旧历甲寅三月十七日卯时，享年六十四岁。子三，守仁、守义、守礼，俱殇。

1881 年（清光绪七年　辛巳）三岁

其弟守经（1881—1946）诞生。守经，字鼎生，号达权。守经曾先后赴日、美留学。后历任厦门公审会堂堂长、江苏及上海审判厅厅长等职，亦曾任清华、燕京、南京等大学教授。

1883 年（清光绪九年　癸未）五岁

其妹陆灵素（1883—1957）诞生。陆灵素，原名守民（一作秀民），字恢权，号灵素，别署繁霜。南社社友。自幼聪慧好学，喜吟咏，善儒曲。陆灵素在黄炎培所办广明师范毕业后，于光绪三十二年（1906）去安徽芜湖皖江女校任教，与同校任教的苏曼殊、陈独秀相识。宣统二年（1910）与上海华泾刘季平（刘三）结婚。季平在北京大学任教时，灵素亦在北京，与陈独秀、沈尹默等有来往；季平在南京任教时，灵素也与黄炎培、柳亚子有往返。民国二十七年（1938）秋刘季平病逝，陆灵素悉心整理遗著，辑为《黄叶楼诗稿尺牍》。寄柳亚子校正，不幸遗失于战火，直至民国三十五年（1946）才以副本油印分赠亲友。新中国成立前夕，柳亚子在北京写诗怀旧："交谊生平难说尽，人才眼底敢较量。刘三不作繁霜老，影事当年忆皖江。"①

---

① 参见《上海妇女志·人物》。

186

陆灵素是个女诗人，擅昆曲。每逢宴客，季平吹箫，陆唱曲，人皆比之为赵明诚与李清照。1903 年，邹容从日本回国，因撰写《革命军》号召推翻满清统治，建立中华共和国，被捕入狱，于1905 年瘐死狱中。季平为之葬于华泾自己家宅的附近。章太炎在《邹容墓志》中云："……于是海内无不知义士刘三其人。"

1887 年（清光绪十三年　丁亥）九岁

是年，先生从朱家角名医唐纯斋学医，先后共五年。世居江苏省的青浦。

唐纯斋曾以"同学兄唐念勋纯斋氏"为之《医学南针》初集和二集写序，极力赞其"好学深思""积学富""学尤粹""每发前人所未发""青邑望族代有闻人，而以医学名世则自君始"。并赞曰："角里地灵人杰，王述庵以经著名，陈莲舫以医术行世。惜莲舫之道行未有述，述庵之学之博而未曾知医。君今以经生之笔，释仲景之书，明经络之分治，导后学以准绳，湖山增色。"

1890 年（清光绪十六年　庚寅）十二岁

10 月 10 日，嗣父世淮殁。

是年，弟守坚（1890—1950.10）诞生。守坚，字禄生，号保权。毕业于南洋公学铁路专科。毕业后，又赴美国旧金山大学留学，专攻土木学，回国后，任沪杭铁路沪嘉段段长等职。

1892 年（清光绪十八年　壬辰）十四岁

是年，先生到上海谋生：

在下十四岁到上海，十七岁回青浦，二十岁再到上

187

海，到如今又是十多年了。①

少年时曾为典当学徒，不久辞退回里。

1894 年（清光绪二十年　甲午）十六岁

8 月 1 日，中日甲午战争爆发。这一史实，在其历史小说《孽海花续编》中作了详尽而深刻的描述：

> 却说中国国势虽然软弱，甲午以前纸老虎还没有戳破，还可虚张声势。自从甲午战败而后，无能的状态尽行宣布了出来，差不多登了个大广告，几乎野心国不免就跃跃欲试……究竟都立了约，都定了租期。我为鱼肉，人为刀俎，国势不强，真也无可奈何的事。②

1895 年（清光绪二十一年　乙未）十七岁

4 月，本县始有机动船航班，载运客货通往外埠。

是年，先生回青浦。在青浦行医的同时，亦在家阅读了大量的稗官野史和医书。

1898 年（清光绪二十四年　戊戌）二十岁

是年，先生再次来到上海。先是以默默无闻的穷小子悬壶做医生。弃医改业图书出租，"收入尚还不差"，继而又潜心钻研小说，渐悟其中要领。大胆投稿，竟获刊登，由短篇而中篇，由中篇而长篇。那时还有几家书局收购了他好几种小说稿刊成单行

---

① 陆士谔：《新上海》第一回。
② 陆士谔：《孽海花续编》第三十六回。

本，风行一时。先生走上小说创作道路，与孙玉声先生很有关系。陆士谔来上海后认识了世界书局的经理沈知方，以及孙玉声。孙玉声这时在福州路麦家圈口开设上海图书馆，知道陆士谔学过医，就劝他一方面写小说，一方面行医，且允许他在上海图书馆设一诊所。在创作小说的同时，先生亦从事租书业务。

是年，青浦青龙镇十九世中医陈秉钧（莲舫），经两广总督刘坤一等保荐，从是年起，先后五次受召进京为光绪帝、孝钦后治病。

1899 年（清光绪二十五年　己亥）二十一岁

娶浙江镇海茶叶商人之女李友琴为妻。夫妻感情甚笃。李友琴曾多次为其小说写序、跋及总评，如《新孽海花》《新上海》《新水浒》《新野叟曝言》等。

《云间珠溪陆氏谱牒》记载：先生配李氏，镇海李兰孙次女；继李氏，泗泾李凤楼长女。

1900 年（清光绪二十六年　庚子）二十二岁

是年，先生长女敏吟（1900—1991）诞生。其与丈夫张远斋一起创办了华龙小学和山河书店。张远斋任校长，敏吟任教员。

1902 年（清光绪二十八年　壬寅）二十四岁

是年，先生次女陆清曼（1902—1992）诞生。其丈夫徐祖同（1901—1993），青浦镇人。

1904 年（清光绪三十年　甲辰）二十六岁

刘三与《警钟日报》主编陈去病在沪创办《世纪大舞台》杂志，提倡戏剧改良。同年，又与堂兄刘东海等于家乡华泾宅院西楼创办丽泽学院，并购置图书一万五千余册。在该院任教的有陆守经、朱少屏、黄炎培、费公直、钱葆权等。

1906 年（清光绪三十二年　丙午）二十八岁

是年，先生作《精禽填海记》发表，署"沁梅子"，由愈愚书社刊行。阿英《晚清小说史》提及此书，并称其为"水平线上的著作"。

8月，作《卫生小说》，后改为《医界镜》，由同源祥书庄发行。吴云江活版印刷再版时，先生以"儒林医隐"之笔名在书前小引中曰：

> 此书原名《卫生小说》，前年已印过一千部。某公见之，谓其于某医有碍，特与鄙人商酌给刊资，将一千部购去，故未曾发行。某公爰于前年八月下旬用鄙人出名，将缘由登在《中外日报·申报论》前各三天（某公广告，鄙人所著《卫生小说》已印就一千部，因中有未尽善之处，尚欲酌改，暂不发行。如有他人私自印行及改头换面发行者，定当禀究云云），是版权仍在鄙人也。今遵某公前年登报之命，已将未尽善及有碍某医之处全行改去。因急于需用，现将版权出售。

> 儒林医隐主人谨志

在《医界镜》中，先生曾论述过中西医孰长的问题，他指出：

> 西人全体之学，自谓独精，不知中国古时之书已早

190

具精要。不过于藏府之体间有考核，未精详之处，在西书未到中华以前，虽未尽合机宜，而考验全体之功，其精核之处自不可没也。

是年，作《滔天浪》，古今小说本。先生用笔名"沁梅子"。阿英提及此书曰：

> 沁梅子著，光绪丙午年俞愚书社刊。

又道：

> 沁梅子不知何许人，据可考者，彼尚有《滔天浪》一种，亦是历史小说。唯纪实性较弱，是如他自己所说，凭自己高兴张长李短地混说。①

是年，作《初学论说新范》共四卷，由文盛书局出版发行。该书由末代状元张謇题写书名。

1907 年（清光绪三十三年　丁未）二十九岁

先生所著之《新补天石》《滑头世界》《滑头补义》及《上海滑头》写成。在《新上海》中，陆士谔借主人公梅伯之口提及其书：

> 梅伯道："你这《新中国》说得中国怎样强、怎样

---

① 阿英：《晚清小说史》第十二章。

富，人格怎样高尚，器物怎样的精良，不是同从前编的什么《新补天石》一般的用意吗？"我道："一是纠正其过去，一是希望其未来，这里头稍有不同。"梅伯道："同是快文快事，我还记得你《新补天石》几个回目是'杀骊姬申生复位，破匈奴李广封侯''经邦奠国贾谊施才，金马玉堂刘洙及第''奉特诏淮阴遇赦，悟良言文种出亡''霸江东项王重建国，诛永乐惠帝再临朝''岳武穆黄龙痛饮，文山南郡兴师''精忠贯日少保再相英宗，至诚格天崇祯帝力平闯贼'。"一帆道："我这几天没事拿小说来消遣。翻着一册《滑头世界》里头载着金表社的事，他的标题叫《滑头金表社》，你何不回去作一篇《滑头补义》？"我道："不劳费心，我已作过的了，停日出了版，送给你瞧就是了。"①

是年，在《神州日报》上发表了《清史演义》一、二集。先生所撰《清史演义》始披露于《神州日报》，陆续登载。发刊未久，阅者争购，报价因之一增。有目共赏，数月以来，风行日远，尤有引人入胜之妙，而爱读诸君经以未窥全貌为憾。或索观全集，或购定预卷，无不介绍于神州报社，冀速遂其先睹之。社友于是商之，陆君即将一、二集先付剞劂，其余稿本修定遂加校雠，不久可陆续出版。

是年，江剑秋先生于《鬼世界》（1907）序中提及先生所作另外几部小说：《东西伟人传》《文明花》《鸳鸯剑》等。上述几种应为先生1907年之前所作。

---

① 陆士谔：《新上海》第四十二回。

1908 年（清光绪三十四年　戊申）三十岁

元月，作《公冶短》，载《月月小说》十三号，署名"沁梅子"，为短篇寓言故事。译《英雄之肝胆》，标"法国乌伊奇脱由刚著，青浦云翔氏陆士谔"译。亦作《官场真面目》《新三角》《日俄战史》三种。

《新孽海花》序录李友琴与陆士谔关于《官场真面目》等书之问答云：

> 今秋复以《新孽海花》稿相示。余读云翔书，此为第十八种矣。评竟问之曰：君前所著，意多在惩恶；此书意独在劝善，然乎？云翔笑曰：唯，子何由知之？余曰：君前著之《官场真面目》《风流道台》等，其中无一完人，嬉笑怒骂，几无不至。①

夏，作《残明余影》，李友琴女士于《新孽海花》载宣统元年（1909）冬十月序中曰：

> 友人以陆君云翔所著之《残明余影》稿示余，余亦视为寻常小说未之奇也，乃展卷细读，见字里行间皆有情义，而笔情细致，口吻如生，古今小说界实鲜其匹，循环默诵，弗胜心折。九月重阳，《医界镜》修改后再次出版发行。吴云记活版部印，同源祥书庄出版。

---

① 陆士谔：《新孽海花》序。

1909 年（宣统元年　己酉）三十一岁

是年，作《新水浒》《新野叟曝言》《风流道台》《改良济公传》《军界风流史》《骗术翻新》《绿林变相》《女嫖客》《女界风流史》《绘图新上海》《新孽海花》《苏州现形记》和《新三国》十三种。

2月，作《风流道台》，此书在《新上海》及《晚清小说史》中均提到：

当下梅伯到我书房里坐下，见了案上的两部小说稿子《风流道台》《新孽海花》，略一翻阅笑道："笔阵纵横，到处生灵遭荼毒。云翔，你这孽也作得不浅呢！"我道："现在的人面皮厚得很，恁你怎样冷嘲热讽、毒讽狂讥，他总是不瞅不睬。不要说是我，就使孔子再生，重运他如椽大笔，笔则笔，削则削，褒贬与夺，再作起一部现世《春秋》来，也没中用呢。"

梅伯抽了两袋烟问我道："你的新著《风流道台》笔墨很是生动，我给你题一个跋语如何？"我道："那我求之不得，你就题吧。"……只见他题的是：《风流道台》，以军界之统帅效英皇之韵事，未始非官界中佳话。第以惜玉怜香之故，竟至拔刀操戈，殊怪其太煞风景。乃未会巫山云雨，顿兴宦海风波。于以叹红颜未得，功名以误，峨眉白简旋登，声望全归狼籍，可恨亦可怜矣。①

①　陆士谔：《新上海》第一回。

阿英《晚清小说史》亦云：

> 陆士谔著，六回，宣统元年（1909）改良小说
> 社刊。

是年，作《新野叟曝言》，为国内最早之科学幻想小说，谈文素臣全家至月球事。全书共六册，约四十万字，宣统元年五月初版，同年同月发行，由上海小说进步社印行。此书亦另有磊珂山房主人撰的《新野叟曝言》一种。

7月，作《鬼国史》，改良小说社刊行，阿英评曰：

> 维新运动是失败了，立宪运动不过是一种欺骗，各地的革命潮，在如火如荼地起来。中国的前途将必然地走向怎样的路呢？这是不需要加以任何解释就能以知道的。把握得这社会的阴影，是更易于了解晚清小说。其他类此的作品尚多，或不完，或不足称，只能从略。就所见有报癖《新舞台鸿雪记》、石德山民《新乾坤》、抽斧《新鼠史》……陆士谔《新中国》……也有用鬼话写的，如陆士谔《鬼国史》（改良小说社，1909年）……专写某一地方的，也有陆士谔《新上海》、佚名《断肠草》（一名《苏州现形记》）等。①

阿英《晚清小说目录》称：

---

① 郑逸梅：《艺林散叶续篇》。

195

《女嫖客》，陆士谔著，五回，宣统年刊本。

陆士谔《龙华会之怪现状》中谈及《女界风流史》：

秋星道，你也是个笨伯了，书是人，人就是书，有了人才有书呢。即如《女界风流史》何尝不是书。试翻开瞧瞧，你我的相好怕不有好多在里头么。穷形极相，描写得什么似的……这符姨太小报上曾载过，她是磨镜党首领呢，像《女界风流史》上也有着她的事情。①

11月，李友琴为其《新上海》序于上海之春风学馆，序中进行了评述：

盖云翔之用笔与他小说异，他小说多用渲染笔墨，虽尽力铺张扬厉，观之终漠然无情；云翔独用白描笔墨。写一人必尽一人之体态、一人之口吻，且必描出其性情，描出其行景。生龙活虎，跳脱而出，此其所以事事必真，言之尽当也。云翔在小说界推倒群侪，独标巨帜。有以夫，余读云翔新著二十三种矣，而用笔尖冷峭隽，无过此编。云翔告余曰，与其狂肆毒詈，取憎于人，孰若冷讥隐刺之犹存忠厚也。故此编于上海之社会、上海之风俗、上海之新事业、上海之新人物以及大人先生之种种举动，虽竭力描写淋漓尽致，而曾无片词只语褒贬其间，俾读者自于音外得悟其意。

---

① 阿英：《晚清小说史》。

此即史公《项羽本纪》《高祖本记》《淮阴列传》诸篇遗意欤。

第六十回，镇海李友琴女士评曰：

书中描摹上海各社会种种状态，无不惟妙惟肖，铸鼎像奸、燃犀烛怪，使五虫万怪，无所遁影。平淡无奇之事一运以妙笔，率足以令人捧腹，是真文字之光芒而世道之功臣也。若夫词隐而意彰，言简而味永，按而不断，弦外有声，《儒林外史》外鲜足匹矣。

是年5月4日至次年3月6日，作《也是西游记》（注：十七期上署名"陆士谔"），在《华商联合报》连载。后又结集出版。

1910 年（宣统二年 庚戌）三十二岁

是年，长子清洁（1910.6—1959.12）诞生。1927—1937年间，清洁悬壶杭州。十七岁起在杭州创办医报《清洁报》，并历任浙江省国医馆顾问、中医院院长、疗养院院长等职。1937年抗日战争全面爆发后回沪，先于白克路行医，后又迁往吕班路。1944年先生病逝后，又迁回汕头路82号行医，直至1958年。清洁先生亦著有多种医书，如：《备急千金方疏证》十二册、《金匮类方疏证》三册、《伤寒卒病论疏证》三册、《伤寒类方疏证》二册、《评注王孟英医案》二册、《评注本草纲目疏证》七册等。

是年，其妹守民与刘三相识，经南社诗人苏曼殊撮合而结为伉俪。

是年，作《乌龟变相》《新中国》《最近官场秘密史》《六路财神》《逍遥魂》《玉楼春》《最近上海秘密史》七种。

3月，作《官场新笑柄》，在《华商联合报》连载。

腊月，《六路财神》刊行，版底云：

> 大小说家陆士谔先生健著十一种。先生著书不下五十余种，此十一种均系本社出版者：《新上海》《新鬼话连篇》《新三国》《风流道台》《新水浒》《六路财神》《新野叟曝言》《骗术翻新》《新中国》《改良济公传》《新孽海花》。

是年，在《新上海》中，他曾借主人公之口评述《逍魂窟》和《玉楼春》两种：

> 我道："这月里通只编得两三种，一种《新中国》，一种《逍魂窟》，一种《玉楼春》，稿子幸都在这里。"说着，把稿本检了出来。梅伯逐一翻阅，他是一目十行的，何消片刻，全都瞧毕。指着《逍魂窟》《玉楼春》两种道："这两种笔墨过于香艳，未免有伤大雅。"①

1911 年（宣统三年　辛亥）三十三岁

是年，先生弟守经被录取在美国威斯康新大学学习政治。与之同往的还有竺可桢、胡适、李平等。

---

① 陆士谔：《新上海》第五十九回。

是年，作《龙华会之怪现状》《女子骗述奇谈》《商界现形记》《官场怪现状》《官场艳史》《官场新笑柄》《十尾龟》《血泪黄花》八种。

4月，作《商界现形记》，由上海商业会社印行。

《商界现形记》共二集（上下卷），十六回。于宣统三年三月付印，宣统三年四月发行。著作者百业公，编辑者云间天赘生，校字者湖上寄耕氏。在《商界现形记》初集上卷，书前署曰："作者真实姓名和生平事迹，则无从考察。"此书与姬文的《市声》、吴趼人的《发财秘诀》及托名大桥式羽著的《胡雪岩外传》皆为晚清反映商界活动的力作。阿英均收入《晚清小说丛抄·卷四》。现据本人考，该书为陆士谔先生所撰。①

长篇小说《十尾龟》共四十回，由上海新新小说社印行。

是月，《龙华会之怪现状》标时事小说。上海时事小说社发行，共六回。

《女子骗术奇谈》二册共八回，古今小说图书社刊行。"是指摘当时所谓新女子的作品，对撷拾一二新名词即胡作非为的女子加以讽刺，间有一、二宣扬之作。所见到的有吕侠《中国女侦探》……陆士谔《女子骗术奇谈》。"②

9月，《绘图官场怪现状》大声小说社版，初集十回。

在《最近上海秘密史》中，陆士谔借书中人物之口，介绍他的另外几部小说时道："他的小说像《官场艳史》《官场新笑柄》《官场真面目》都是阐发官场的病源。《商界现形记》就阐发商界病源了，《新上海》《上海滑头》等就阐发一般社会病源了。我读

---

① 可参见田若虹《陆士谔小说考论》第六章第一节：《〈商界现形记〉著者探佚》。
② 阿英：《晚清小说史》第九章。

了他三十一种小说，偏颇的话倒一句没有见过。"

10 月 10 日，晚九时，武昌新军起义，辛亥革命爆发。11 月，起义军攻陷总督衙门，占领武昌全城。革命党人成立中华民国湖北军政府，推新军协统黎元洪为都督。12 日，革命军占领汉口，湖北军政府通电全国，宣告武昌光复。

11 月，先生创作讴歌武昌起义的《血泪黄花》，又名《鄂州血》。这部小说出版于 1911 年 11 月，距武昌起义仅一个月。作者满腔热情地歌颂辛亥革命，描写了起义军民的英勇奋战，表达了他对旧民主主义革命的向往之情。

1912 年（民国元年　壬子）三十四岁

是年，《孽海花续编》由上海启新图书局、国民小说社、大声图书局出版，续编共有二十一至六十一回。在《十日新》封底的小说广告中登有陆士谔所出小说数种：

《历代才鬼史》二册（洋八角）、《清史演义》（初集）四册、《清史演义》（二集）四册、《清史演义》（三集）四册、《清史演义》（四集）四册、《孽海花》（初、二集）各一册、《孽海花续编》四册、《女界风流史》二册、《女嫖客》二册、《末代老爷大笑话》二册、《也是西游记》二册、《雍正剑侠》（奇案）三册、《血泪黄花》二册。

1913 年（民国二年　癸丑）三十五岁

8 月，先生次子陆清廉（1913.8—1958.8）诞生。陆清廉，字凤翔，号介人。

《青浦县志·人物》记曰：

　　陆凤翔原名清廉，朱家角镇人，中国共产党员，革命烈士，陆士谔次子。1958 年 8 月 20 日，在北京开会返宁途中，因飞机失事不幸遇难，时年四十五岁。后经江苏省人民委员会追认为革命烈士。

《青浦文史》亦记曰：

　　陆凤翔（1913—1958），原名清廉，青浦朱家角人，为通俗小说家、名医陆士谔次子。早年毕业于苏州高中，后在胡绳等的影响下，接受共产主义思想，创办社会科学研究会。1936 年 9 月加入中国共产党[1]。

是年，创作《宫闱秘辛》、《朝野珍闻》、《清史演义》第一部、《清朝演义》第二部四种。

8 月，《清史演义》第一部由大声局发行，标历史小说。

民国二年至十三年（1913—1924），陆士谔完成了《清史演义》一至四部的撰写：

　　余撰《清史演义》，此为第四部。第一部大声局之《清史演义》，第二部江东书局之《清史演义》，第三部世界书局之《清史演义》。第大声本书有一百四十回，长至七十万言。而江东本只三十万言，世界本只二十

---

　　① 《青浦文史》第五期。政协青浦委员会、文史资料委员会编，1990 年 10 月。

万言。

同时，他阐明了"演义"之缘由：

　　夫小说之长，全在表演。何为表？叙述治乱兴衰及典章文物、一切制度。何为演？将书中人之性情、谈吐、举动逐细描写，绘形绘声，呼之欲出。故旧著三书，唯大声本尽意发挥，或可当包罗万象；江东本与世界本为篇幅所限，未免蹈表而不演之弊。然而一代之功勋以开国为最伟大，一代之人物以开国为最英雄。与其歌咏升平，浪费无荣无辱之笔墨，孰若记载据乱，发为可歌可泣之文章。此开国演义所由作也。

10 月 10 日，先生生父世沣殁，得年四十有一。

1914 年（民国三年　甲寅）三十六岁

元月，《清史演义》三集共四册出版。

是月，《十日新》第一至四期连载言情小说《泖湖双艳记》。

2 月，《孽海花续编》再版，大声图书局出版。又，上海民国第一图书馆版本，标历史小说。本书从第二十一回写起，至六十二回止。回目全用曾朴、金松岑原拟。

10 月，《清史演义》四集初版，继而出版五集。

是月，《也是西游记》题"铁沙奚冕周起发，青浦陆士谔编述"。在第八回回末，先生述曰：

　　《也是西游记》八回，奚冕周先生遗著也。笔飞墨舞，飘飘欲仙，士谔驾下，奚敢续貂。第主人谲谏，旨在醒迷，涉笔诙谐，岂徒骂世。既有意激扬，吾又何妨游戏。魂而有灵，默为呵者欤！

己酉十月青浦陆士谔识

在上海望平街改良新小说社广告中登有特约发行所改良新小说社启：

> 新出《也是西游记》，是书系铁沙奚冕周、青浦陆士谔合著。登华商联合会月报，海内外函索全书纷纷如雪片，盖不仅妙词逸意、文彩动人，而远大之眼光、华严之健笔，实足振颓风、挽末俗。或病其文过艳冶、意近诲淫，则失作者救世苦心矣。

12 月 10 日，在《十日新》第一期发表短篇小说《德宗大婚记》《新娘！恭献！哈哈》《贼知府》《泖湖双艳记》①。

是月 20 日，在《十日新》第二期发表逸事短篇小说《赵南洲》。

是月 30 日，在《十日新》第三期发表滑稽短篇小说《花圈》《徐凤萧》《英雄得路》。

是年，其文言笔记《蕉窗雨话》由上海时务图书馆出版。《蕉窗雨话》（共九种），记乾隆间吏部郎中郝云士谄事和珅事，记杜文秀踞大理事，记石达开老鸦被擒异闻，记董琬欲从张申

---

① 陆士谔：《泖湖双艳记》第一至四期连载，标艳情小说。

伯不果事，记张申伯为太平天国朝解元事，记王渔洋宋牧仲逸事，记说降洪承畴事，记岳大将军平青海事，记准噶尔与俄人战事①。

1915 年（民国四年　乙卯）三十七岁

是年，先生妻李友琴病故，终年三十五岁。先生悲痛不已。常以医术不精、未能挽爱妻为憾，遂更发奋钻研医学。又创作几种笔记体文言短篇小说，如《顺娘》《冯婉贞》《陈锦心》《顾珏》等，皆散刊于上海《申报》。

3 月 14 日，作笔记小说《顺娘》，在《申报》"自由谈"、"红树山庄笔记"栏目发表。

3 月 15 日，继续连载《顺娘》。《顺娘》以庚子事变之后"罢科举"，选派留学生到西方留学的这段历史为背景。其中又穿插了男女主人公雁秋和顺娘悲欢离合的故事。故事虽未脱俗套，但情节曲折，人物个性鲜明，其中不无对世俗的道德观和封建习俗的批判。

3 月 19 日，作笔记小说《冯婉贞》，在《申报》"自由谈"、"爱国丛谈"栏目发表，亦见于《虞初广记》。写咸丰十年英法联军火烧圆明园时事，当时有圆明园附近的平民女子冯婉贞率少年数十人以近战搏击的战法，避开敌人的枪炮，击溃了敌军数百人，杀死百余人。文章的结尾陆士谔曰："救亡之道，舍武力又有奚策？谢庄一区区小村落，婉贞一纤纤弱女子，投袂起，而抗欧洲两大雄狮，竟得无恙，引什百于谢庄，什百于婉贞者乎？呜

---

① 收于《清代野史丛书》。

204

呼！可以兴矣！"① 其书在 1916 年被徐珂收编入《清稗类钞》，修改了原文。亦被列入中学范文读本。

4 月，《清史演义》五集再版。

8 月，作《顺治太后外纪》，由上海进步书局出版。1928 年 2 月五版。

提要曰："是书叙顺治太后一生事实。夫有清以朔方，夷族入住中原，论者多归之天而不知兴亡盛衰之故乃操之于一女子手。盖佐太宗之侵掠，说洪氏之投降与有力焉，然而深宫秘事史官既讳而不书，远代茫然罔识，是编记载最为尽，诚足广异闻而资谈助也。"

1916 年（民国五年　丙辰）三十八岁

4 月 7 日，作笔记小说《顾珏》在《申报·自由谈》发表。

《顾钰》刻画了一位身怀绝技、武力超群，而又恃强踞傲、强不能而为之的"勇"者形象。顾钰，亭林先生八世孙。其躯干彪伟，孔武有力，一乡推为健士。他夜不卧床榻，巨竹两端而剖其中，"卧则以两臂撑之。竹席如弓，身卧其内。醒则疾跃而出，竹合如故"。"稍迟延，臂竹猛夹裂颅破脑，巨竹之张合，常在百斤左右"，其两臂之力可谓巨矣。然山外有山，人外有人，顾终因"耻受人嘲"而不自量力，在比斗中惨败。

4 月 10 日，作笔记小说《陈锦心》，在《申报·自由谈》发表。《陈锦心》以"义和团运动，洋兵入京"之时代为背景，描写了男女主人公国华和锦心的悲欢离合。国华就读于武备学校，他与锦心约"俟武校毕业始结婚"。不料被"匪"掳，"迫为司

---

① 陆士谔：《冯婉贞》，《申报·自由谈》1915 年。

帐"。荡析流离，积二年之久，始得归。而锦心虽误以其为死，却"死生不渝"，"矢志柏舟"。小说终为大团圆之结局。作者将国华与锦心之婚姻悲剧归罪于"红巾"之乱，无疑体现了其封建思想之局限性，但小说中又通过叙事主人公的视角简要地描述了庚子事变联军入京后之情况：

> 国华被匪掳去，迫为司帐，不一月而大沽失守，洋兵入京，匪众分队四散。国华被众拥出山海关迁流至奉天，又至黑龙江，积二年之久，始得归。

这篇笔记小说，与吴趼人的《恨海》和忧患余生的《邻女语》皆为反映庚子事变之题材。虽不能与之媲美，但亦有异曲同工之妙。

是年，作《帐中语》，上海进步书局印行，署"云间龙撰"，标家庭小说。首语云："留作世间荡子的当头棒喝。"

提要曰："夜半私语恒于帐中为多，此书叙夫妇二人帐中问答。语言温柔旖旎，有时为诙谐之谈笑，有时为正当之箴规，亦风流亦蕴藉，是小说别开生面之作。"

是年秋，作《初学论说新范》，张謇题书名。弁首编辑大意共八条，如第一、二条阐明编辑题旨："本书论说各题皆自初等教科书中选来，即文中曲引泛论用典、用句均不越教科书范围。""本书条文词句务求浅近，立意务取明晰、务期初学易于开悟。"

1917 年（民国六年　丁巳）三十九岁

是年，娶松江泗泾李氏素贞为续室。

6月，作《八大剑仙》，一名《清雍正朝八大剑仙传》。共十九回，约七万余字。现存民国六年（1917）六月，上海交通图书馆铅印本一册。该本至民国十二年（1923）十月，已出至十版。

是年，作《剑声花影》。1926年3月，五版。其提要曰：

> 女中豪杰载清史籍者，令人阅之心深向往。本书所述杀身成仁之侠女韩宝英，更属巾帼中所罕见者。宝英本桂阳士人女，逊清洪杨之役为贼所掳，几至辱身。幸遇翼王石达开援救脱险，并为杀贼报仇扶为义女。宝英感恩知遇，卒以死报，脱翼王于难。全书自始至终叙事曲折详尽，文笔亦简明雅洁，堪称有声有色、可歌可泣之作。

1918年（民国七年　戊午）四十岁

是年，"岁戊午，挟术游松江"。① 在松江西门外阔街悬壶。行医中将十多年来对医学研究的心得，写成医书十余种。

7月，先生作《中国黑幕大观·政界之黑幕》共一百零一则，由上海博物院路8号鲁威洋行发行。编辑者路滨生，发行者葡商马也，由蔡元培等人作序。陆士谔所写"政界之黑幕"有别于当时鸳鸯蝴蝶派小报所津津乐道的秘事丑闻，与其社会小说宗旨一致。他的此类小品文皆以社会现实和时事新闻为描写题材，广泛而深入地触及当时社会、经济、军事、文化、外交、政治的各个层面，其揭露和讽刺之深刻与时代的节奏深相吻合。其文或

---

① 陆士谔：《医学南针》自序。

207

庄或谐，或正或奇，嬉笑怒骂皆成文章。

其中《民国两现大皇帝》调侃了政体之变更竟同儿戏；《五百金租一翎项》写民国以来，红顶花翎已抛去不用了，不意复辟之举突如其来，某司长知翎项为必需之物，遍搜箱匣，竟无所获，遂租一优伶之花翎代之；《闽神之门联》描写了张勋复辟后之民俗；《二本新审刺客》写民国二年三月，前农林总长宋教仁，拟由上海搭火车北上，方欲上车，突被刺客击中腰部，越再日逝世之事件；《新南北剧之黑幕》《新南北剧之第一幕》揭露了袁项城篡位总统和北洋军权之丑闻；《洪述祖之大枪花一》述中法和约告成，刘遣洪诣法军；《杜撰之灾祸与谶语》叙蔡锷起师护国，北军屡北，不得已取消帝制；《失败之大原公子》写洪宪帝既颁称帝之令，乃巫兴土木。在《疑而集诗》中，陆士谔曰：

> 政界之黑幕不外吹牛、拍马、利诱、威逼种种伎俩。此四者尽之……不意自民国以来，政治界幕中偏又添新色料，一曰阴谋，一曰暗杀。如总统之突然称作皇帝，浙江之忽然伪号独立，此均属于暗杀者。人心愈变愈阴，国势愈变愈弱。

10月，作《薛生白医案》，神州医学社新编，上海世界书局出版，1923年8月三版。序曰：

> 薛生白君，名雪，字生白，自号一瓢子。生白因母文夫人多病，始究心医术。其医与叶香严齐名，当时号称叶、薛。吾国医学，自明季以来，学者大半沉

醉于薛院，使张景岳之说，喜用温补，所误甚多，独生白与香严大声疾呼，发明温热治法，民到如今受其赐……薛氏医案如凤毛麟角，弥见珍贵。临证之暇，特将先生医案分类校订，并附录香严案以资对照，使读薛案者得于薛案外，更有所益也。

民国八年十月后学珠街阁陆士谔谨序于松江医寓

1919年（民国八年 己未）四十一岁

从1919—1924年间，陆士谔在松江医寓先后写了十多种医书。至1941年止，先生共创作医著、医文四十多种：《叶天士幼科医案》、《陆评王氏医案》、《薛生白医案》、《叶天士手集秘方》、《医学南针初集》、《医学南针二集》、《王孟英医案》、《丸散膏丹自制法》、《增注古方新解》、《温热新解》、《奇疟》、《国医新话》、《士谔医话》、《叶香严外感温热病篇》、《李士材医宗必读》、《邹注伤寒论》、《陆评王氏医案》、《陆评温病条辨》、《医经节要》、《诊余随笔》、《基本医书集成》（主编）、《家庭医术》、《增注徐洄溪古方新解》、《内经伤寒》、《新注汤头歌诀》、《寒窗医话》、《医药顾问大全》、《论医》、《国医与西医之评议》、《中西医评议》、《小闲话》。医学论文多在《金刚钻》报发表。

元月，先生幼子清源（1919—1981）诞生，笔名海岑。毕业于立达学院。清源幼承庭训，博闻强识，其医学和文学皆颇有造诣。抗战期间，他辗转于福建长汀、泉洲、永安各地从事翻译、教学、编辑及行医等工作。并以行医所得创办了《十日谈》出版社，印行了不少文艺书籍，如德国苏特曼的戏剧集

209

《戴亚王》（施蛰存译）等，行销于东南五省。抗战胜利后，清源回沪。其时陆士谔去世不久，他继承父业，挂起了"陆士谔授男清源医寓"的招牌，正式悬壶行医。新中国成立后，清源曾先后任平明出版社、新文艺出版社和上海文艺出版社编辑，从事英、俄文学翻译。主要译著有屠格涅夫的《三肖像》《两朋友》《多余人日记》、卡拉维洛夫的《归日的保加利亚人》、米克沙特的《英雄们》等。1979年，他与施蛰存合作，根据西方独幕剧的发展历史编了一套《外国独幕剧选》（六册）。由于精通俄语，他负责选编苏联及东欧诸国的剧本。当第一集于1981年6月出版时，清源已于同年4月病故，未能见到此书的出版。

元月，作《叶天士幼科医案》，上海世界书局出版。陆士谔序曰：

叶香严先生，幼科专家也。而其名反为大方所掩。世之攻幼科者，鲜有读其书，是何异为方圆而不由规矩、为曲直而不从准绳。吴江徐洄溪，素好讥评，而独于先生之幼科，崇拜以至于极。一则特之曰名家，再则曰不仅名家而且大家。敬佩之情溢于言表。今观其方案，圆机活泼，细腻清灵，夫岂死执发表攻裹之板法者，所得同年而语耶？《冷庐医话》载先生始为幼科，虚心求学，身历十七师而学始大进，则如灵秘术其来固有自也。

民国八年十月后学珠街阁陆士谔谨序于松江医寓

是年，作《叶天士女科医案》。

1920 年（民国九年　庚申）四十二岁

元月，作《增注徐洄溪古方新解》共八卷。上海世界书局石印本 1922 年 6 月再版。

2 月，《叶天士手集秘方》，上海世界书局出版。陆士谔序曰：

> 秘方者师徒相授，从未著之简策者也。顾未著之简策，后之人从何纂集成书？曰，秘方之源，非人不授，非时不授，故名之曰秘。岁月既久，私家各本所传各自记述。然方之秘难泄，而纂秘方者，大都不知医之人，所以秘方之书虽多，而合用者甚鲜也。叶天士为清名医，其手集秘方，大抵本诸平日之心得，较之《验方新编》等自可同年而得。顾其书虽善，体例已颇可议……因系先辈手译，未便擅自更张；方有重出者，亦未敢留就删节致损本来面目。唯逐细校雠，勘明豕亥，使穷乡僻壤有不便延医者按书救治，不致谬误，是则校者之苦心也。

7 月，作《医学南针》初集，上海世界书局石印本。1931 年七版。其师唐念勋纯斋氏序曰：

> 陆士谔，好学深思之士也。其于《灵》《素》《伤寒》《金匮》等书极深研几，历十余年如一日。昼之所思，夜竟成梦。夜有所得，旦即手录，专致之勤，不啻张隐庵氏之注《伤寒》也。顾积学虽富，性太刚直。每

211

值庸工论治，谓金元四大家之方药重难用，叶香严、王潜斋之方药轻易使，陆子辄面呵其谬，斥为外道之言。夫病重药轻，无补治道；病轻药重，诛伐无辜。论药不论证，斥之诚是。然此辈碌碌，何能受教，徒费意气，结怨群小，在陆子亦甚不值也。余尝以此规陆子，而劝其出所学，以撰一便于初学之书，俾后之学者。得由此阶而进读《灵》《素》《伤寒》，得造成为中工以上之士，则子之功也。夫医工之力，不过能治病人之病；医书之力，则能治医工之病，于其勉之，陆子深韪余言，操笔撰述，及一载而书始成。其网罗之富，选才之精，立论之透，初学之书所未有也。较之《必读》《心悟》等，相去奚啻霄壤。余因名之曰《医学南针》，陆子谦让未遑。余曰，无谦也，子之书不偏一人，不阿一人，唯求适用，大中至正，实无愧为吾道之南针也，因草数言弁之于首。

民国九年庚申夏历二月唐念勋纯斋氏序于珠溪医室

是年夏，作《孽海情波》，由上海沈鹤记书局出版。

1921 年（民国十年　辛酉）四十三岁

4 月，作《增评温病条辨》，（清）吴瑭原著，先生增评。
5 月，作《王孟英医案》，上海世界书局出版。哈守梅序曰：

青浦陆君士谔，名医也。其治症，闻声望色，察脉问证，洞见藏府，烛照弥遗。就诊者无不叹为神技，而不知君固苦心得之也。余以善病喜读医籍，去年冬，购得《医学南针》，读之大好，因想见陆君之为人。与君畅谈医学并及近代名流，君于王孟英氏最为推服……因出其自编之孟英医案，分类排比，眉目朗然，余不禁狂喜，劝之发刊。君曰，孟英原案，犹《资治通鉴》，余此编，犹纪事本末，不过自备检查尔，何足问世。余曰初学得此，因证检方得见孟英之手眼，未始非君之功也。陆君颇题余言，余因草其缘起，即为之序。

民国十年五月金陵哈守梅拜序

陆士谔自序曰：

《王孟英医案》有初编、续编、三编之分，编者不一其人，而《归砚录》则孟英自编者也。余性钝，读古人书，苦难记忆，而原书编年纪录检查又甚感不便，因于诊余之暇，分类于录，籍与同学讲解。外感统属六淫故，风温、湿温间有编入外感门者。夫孟英之学得力于枢机气化，故其为方于升降出入，手眼颇有独到；而治伏气诸病，从里外逗，尤为特长。大抵用轻清流动之品，疏动其气要，微助其升降，而邪已解矣。其法虽宗香严叶氏，而灵巧锐捷，竟有叶氏所未逮者。余尝谓孟英于仲夏伤寒论、小柴胡汤、麻黄附子细、辛汤诸方必极深穷研，深有所得。故师其意不泥其迹，投无不效。捷若桴鼓，读者须识其认证之确、立方之巧，勿徒赏其用药之轻，庶有获乎！

民国十年五月青浦陆士谔序于松江医室

农历六月，作《丸散膏丹自制法》。1932 年 5 月再版，由陆
士谔审订。先生自序曰：

　　客有问此书何为而作也，告之曰，神农辨药，黄帝
制方，圣王创制为拯万民疾苦。伊尹、仲景后先继起，
孙邈有《千金》之著，王涛有《外台》之集，《圣济》
《圣惠》各方选出，无非本斯旨而发未发光大之。自世
风日下，业此者唯知鸷利，罔识济人，辄以己意擅改古
方药名，虽是药性全非。医师循名用辄有误，良可慨
也，本书之作意在使制药之辈知药方定自古贤，药品之
配合分量之轻重、制法之精粗，丝毫不能移易。各弃家
技一秉成规，庶几中国有统一制药之一日，按病撰药无
不利药病有桴鼓应之，斯民尽仁寿之堂，是所愿也。有
同道者盍兴乎，来客悦而退，因讹笔记之以叙本书。

民国十年夏历六月陆士谔序

全书分为内科门四十一类、女科门九类、幼科门十一类、外
科门十类、眼科门六类、喉科门七类、伤科门、医药酒门……
　　是年，增补重编《叶天士医案》，上海世界书局出版。
　　是年，作武侠小说《血滴子》，又名《清室暗杀团》，二十
回，六万多字。现存民国十年（1921）六月上海时还书局铅印本

一册。卷首有民国十五年（1926）长沙张慕机序。此书在当时尤为风行，还改编成京剧在沪上演。

1922 年（民国十一年　壬戌）四十四岁

元月，《绣像清史演义》序，写于松江医寓。

是月，《七剑三奇》，上海中华新教育社出版，共四十回。现存民国十一年（1922）上海中华新教育社平装铅印本二册，二万多字，首有作者序，卷后有李惠珍识语。

6 月，编《增注古方新解》。

约是年，撰侠义小说《七剑八侠》，共二十四回，由上海时还书局出版发行。第二十四回中写道："种种热闹节目都在续编之中，俟稍停时日，当再与看官们相会。《七剑八侠》正篇终，编辑者陆士谔告别。"

1923 年（民国十二年　癸亥）四十五岁

10 月，《薛生白医案》第三版。

是月，《八大剑仙》第十版。

是月，《金刚钻》报创刊，陆士谔曾协助孙玉声编撰《小金刚钻》报。

1924 年（民国十三年　甲子）四十六岁

4 月，作《医学南针》二集，上海世界书局出版。首有先生自序题："民国十三年甲子夏历四月青浦陆守先士谔甫序于松江医寓"；亦有唐纯斋序曰：

陆君士谔名守先，医之行以字不以名，故名反为字掩。而君于著述自著，辄字而不名，故君之名，舍亲戚故旧外，鲜有知者。角里陆氏系名医陆文定公嫡系，为青邑望族，代有闻人。而以医学名世者，则自君始。君为午邑名儒兰垞先生哲嗣。先生学问经济名重一邑，而屡困场屋，以一明经终，未得施展于世。有子三人，俱著名当世。君其伯也，仲守经，字达权；季守坚，字保权，均驰声军政界，为世所重。而君之学尤粹。君以预防为主医学，极深研几，每发前人所未发，于五运六气、司天在泉，则悟地绕日晹。以新说释古义，语透而理确；于伤寒温热、古方今方，则以经病络病，一语解前贤之纠纷。盖君喜与经生家友，每借经生之释经以自课所学，故所见回绝恒蹊也。角里在松郡之西，青溪环绕，九峰远拥，地灵人杰。王述庵以经著名，陈莲舫以医术行世，惜莲舫之道、之行而未有著述；述庵之学、之博而未曾知医。君今以经生之笔，释仲景之书，明经络之分治，导后学以准绳，湖山增色。吾闻君之《医学南针》共有四集，此其第二集也。以辨证用药读法为三大纲，较之初集进一步矣。其三集则专以外感内伤立论，四集则专释伤寒金匮，甚望其早日杀青也，是为序。

是月，清明节，刘绣、刘曼君、刘缙、刘龙《先父刘三收葬邹容遗骸的史迹》一文中曰：

　　1924年清明节，章太炎、于右任、张溥泉、章士钊、李印泉、马君武、冯自由、赵铁桥诸先生来华泾祭

216

扫先烈邹容莹墓时，吾父权作主人，于黄叶楼设宴招
待。章太炎先生与吾父所吟今尚能背诵。太炎先生诗
云："落泊江湖久不归，故人生死总相违。至今重过威
丹墓，尚伴刘三醉一回。"吾父缅怀亡友，追念往事，
悲慨遥深地吟曰："杂花生树乱莺飞，又是江南春暮时。
生死不渝盟誓在，几人寻冢哭要离。"

7月，《女皇秘史》由时还书局出版。此为《清史演义》之
第四部。作者自序称于民国十三年（1924）七月，青浦陆士谔甫
序于松江医寓。是月24日，江苏督军齐燮元、浙江督军卢永祥
为争夺上海地盘酝酿战争。本县局势紧张。驻松浙军封船百余艘
供军用，居民纷纷避迁。县议会及各法团电致北京及江浙当局，
呼吁和平。

是月中旬，先生先遣其妻避上海，与长子清洁看守家门。

是月29日，先生避难第二次来沪。

9月30日，江浙战争爆发，史称齐卢之战。县城学校停学，
商店多半歇业。

10月12日，浙江督军卢永祥兵败下野，江浙战争结束。松
江防守司令王宾等弃城潜逃。先生第三次赴沪。在《战血余腥
录》中先生叙述了他第三次来沪悬壶之情形。

先生避难来沪后，聊假书局应诊。民国十四年（1925）六
月，他先是在英界四马路画锦里口老紫阳观融壁上海图书馆行
医，民国十四年十一月十二日，后又迁移到英租界跑马厅汕头路
23号新层；民国二十二年（1933）九月，他再次迁移到公共租界
中央区，汕头路82号。

一日，有广东富商路过上海图书馆，恰巧看到士谔正为病家

诊脉开方，就上去攀谈。一交谈，就觉得陆士谔精通医学，请陆出诊，为其妻治病。士谔在病榻边坐下，一看病人骨瘦如柴，气若游丝。原来已卧床一月有余，遍请名家诊治，奈何无灵。病情日见沉重，饮食不思，气息奄奄。富商请陆士谔来看病，也是"死马当活马医"。诊脉后，士谔开好药方说："先吃一帖。"第二天，富商又到诊所邀请，说病人服药后就安然熟睡，醒来要吃粥了。这样经过半个月的诊治，病人霍然而愈。富商感激不尽，登报鸣谢一月，陆士谔的医名由此大振。不久就定居于汕头路82号挂牌行医，每日门诊一百号。

12月27日，在《金刚钻》报"诊余随笔"，先生撰文谈小儿虚脱症及其疗法。

是年，先生修《云间珠溪陆氏谱牒》（不分卷），署"陆守先修"，其侄陆纯熙在《云间珠溪陆氏谱牒》中曰："士谔叔父就珠街阁近支先行编纂校雠，即竣，付诸石印，分给同宗俾珠街阁近支世系。已可按世稽查。"

关于《云间珠溪陆氏世系考》陆纯熙述曰：

守先谨按：吾宗谱牒世甚少，刊本相沿至今，即抄本亦复罕购，浸久散佚，世系将未由稽考，滋可惧也。此百数十年中急需修入者不知凡几。屡拟评加修订，而宗支散处，调查綦难，因商之，士谔叔父就珠街阁近支先行编撰。校竣，即付之石印，分给同宗，俾珠街阁近支世系已可按世稽查。

中华民国十三年十一月十八日纯熙谨识

1925 年（民国十四年　乙丑）四十七岁

1—6 月，《金刚钻》报连载其短篇小说《环游人身记》。

在其科幻短篇小说《寒魔自述记》和《环游人身记》中，作者通篇运用了生动贴切的比拟和比喻来说明病毒侵入人体之途径。如《寒魔自述记》叙述了"途"之六兄弟：风魔、寒魔、暑魔、湿魔、燥魔、火魔漫游人体之经历，从而感受到"此为世界风景之最"。在《环游人身记》中则记述了"余"挟暑风二伴"登女郎玉体"分道从"寒府"，人之汗毛孔和"樱唇"通过咽窍（食管）、喉窍、颃颡舌本、脾脏（少阴脉）、肾脏（阳阴脉）、胃府进入人之膏粱之体，它们环游人身一周。文中穿插了"余"与暑伴等之对话，辛辣地讽刺了那种不学无术的庸医，同时倍加推崇名医之医术医德。上述两篇，皆具有较强的故事性和情节化的特点，语言亦幽默风趣，读来引人入胜。

是年，作《今古义侠奇观》，该书演历代十四位男女义侠的故事。出版广告启曰："当行出色撰著武侠说部之老手陆士谔君，收集古今英雄侠义之事迹，仿今古奇观之体例，编成《今古义侠奇观》一书，以为配世化俗之工具。情节离奇，文笔紧凑，聚数千年来之侠义于一堂，汇数十百件之佳话为一编，前后合串，热闹异常……写英雄之除暴，则威风凛凛；写义侠之诛奸，则杀气腾腾，可以寒奸人之胆，可以摄强徒之魂……洵足以励末俗，而挽颓风。"①

在《留学生现形记》封底，亦将其列为最新出版之小说名著：

---

① 见于《红玫瑰》杂志第三十二期广告。

吴趼人:《二十年目睹之怪现状》《九命奇冤》《电术奇谈》

　　李涵秋:《近十年目睹之怪现状》《自由花》

　　海上说梦人:《歇浦潮》《新歇浦潮》

　　徐卓呆:《人肉市场》

　　不肖生:《江湖义侠传》

　　陆士谔:《今古义侠奇观》《剑声花影》

　　以及名家译著:《十五小豪杰》等共二十二种

　　是年,作《续小剑侠》,由上海时还书局出版。

　　4月,作《小闲话》连载。另有医学杂论《治病之事》《治病日记》。

　　8—12月,作《义友记》,连载于《金刚钻》报。

　　是年,《金刚钻》报登载《内科陆士谔诊例》一个月。

　　3月,《金刚钻》报记曰:

　　世界书局管门巡捕某甲,于正月二十一日晨正洗脸间,忽然仆倒,就此一蹶不醒,不及医治而死。及后该局经理沈知方叙之于先生,并研究其致死之由。先生曰,此则唯有"脱"与"闭"两症。"脱"则原气溃散,"闭"由经络闭塞,闭则有害其生,脱则虽有神丹,难挽回也。沈君曰,死者全身青紫。越日,两医解剖其尸,则肺脏已经失去其半。先生曰,该捕平日必酷嗜辛辣而好之饮烧酒,不然肺何得烂,然其致死之因,虽由肺烂,而致死之果,实系气闭。因仆侧肺之烂叶遮住气

220

管，呼吸不通，故遂死也。询之果然。

是月，《金刚钻》报载有一病人家属严寿铭感谢他的信曰："舍亲俞幼甫谈及避难来申之陆士谔，姑往一试，至四马路画锦里口上海图书馆陆寓，延之来诊。不意药甫下咽，胸闷既解，囊缩即宽。二诊而唇焦去、身热退。三诊而能饮半汤，四诊而粥知饥矣。"

是月，先生著《温热新解》。先是《金刚钻》报发表，1933年9月又在《金刚钻月刊》重版。

5月，先生在《金刚钻》报"读书之法"中曰：

先父兰垞公以余喜涉猎古史，训之曰，读书贵精不贵博，汝日尽数卷书，聊记事迹耳，其实了无所得。因出《纲鉴正史》曰，何如……余遂以刘三（小学家）读经之法，读秦汉唐各医书，而学始大进。辨论撰方，自谓稍易着手，未始非读书之益也。

5月27日，先生曰："余自《医学南针》出版而后，虚声日著。远客搭车来松者，旬必有数起，均系久来杂病，费尽心机，效否仅得其余。及避难来沪，沪地交通便利，百倍松江。囊时远客，仅沿沪杭线各城镇，今则有由海道来者，有由沪宁线各站来者。"

6月12日，《金刚钻》报《陆士谔名医诊例》：

所治科目：伤寒、湿热、咳嗽、妇科、产后、调经各种杂病。

时间：上午十时至下午三时门诊，午后三时出诊。

地址：英界四马路画锦里口上海图书馆。

11 月 12 日，先生迁移到英租界跑马厅汕头路 23 号新层。

1926 年（民国十五年　丙寅）四十八岁

3 月，《剑声花影》第五版刊行。

是月 31 日，在《金刚钻》报上登载《修谱余沈》曰：

今吾家新谱告成，自元侯通至士谔凡七十九世……原原本本，一脉相承，各支宗贤亦均分载明白。扬洲别驾分类，为吾二十六世祖，娄王逊为吾五十八世祖……

4 月 14 日，先生作《寒魔自述记》连载于《金刚钻》报。

12 月，《家庭医术》初版，上海文明书局印行。1930 年再版，署"辑选者陆士谔"。

1928 年（民国十七年　戊辰）五十岁

2 月，《顺治太后外纪》五版，由上海进步书局印行。

4 月，《绘图新上海》五版。

4 月，由范剑啸著、先生参与润文的小说《双蝶怨》由上海大声图书局出版。

9 月，《古今百侠英雄传》由上海时还书局出版发行，标绘图古今侠义小说。先生自序曰：

余嗜小说，尤喜小说之剑侠类者。所读既多，未免技痒。缘于诊病之余，摇笔舒纸，作剑侠小说。在当时不过偶尔动兴，聊以自遣，不意出版之后，竟尔风行，实出余意料之外。意者下里巴人，属和遍国中耶？

中华民国十七年八月十五日
青浦陆士谔序于上海汕头路医寓

是年，出版《北派剑侠全书》与《南派剑侠全书》。在《古今百侠英雄传》之末页，附南北两派剑侠全书总目：

北派：《红侠》、《黑侠》、《白侠》、《三剑客》（二册）。

南派：《八大剑侠传》、《血滴子》、《七剑八侠》（二册）、《七剑三奇》（二册）、《小剑侠》（二册）、《新剑侠》（二册）。

10月，作《新红楼梦》，由上海亚华书局出版。

是年，《金刚钻》报登载《内科陆士谔诊例》一个月。

1929年（民国十八年　己巳）五十一岁

元月，作短篇《记平湖之游》①，作者于冬至日作平湖之游，其记曰：

------

① 于1929年1月6—12日连载于《金刚钻》报。

平湖多陆氏古迹，此行得与二千年前同祖之宗人相聚，意颇得也……盖平湖支为唐宰相宣公系。宣公系三国东吴华亭候补丞相逊之后，而吾宗为选尚书王昌之后，王昌与逊在当时已为同曾祖姜昆，故吾宗与平湖陆氏，为二千年前一家。考诸家乘，信而有征也。此次邀余往诊者，为平湖巨绅陆纪宣君。甲子秋，余避难来沪，纪宣亦携眷来沪。其夫人患病颇剧，邀余往诊，遂相认识。由是通信，如旧识焉。

　　是年，作武侠长篇小说《江湖剑侠》，共四十回，由国华书局出版。回目前写有"陆士谔著、蔡陆仙评"。并有云间吴晚香之序言，写于上海。其序文称：

　　青浦陆士谔先生精"活人术"，复长于写武侠小说。形其形状，其状惟妙惟肖，可骇可惊。历次所作，阅者无不击节。盖先生于乱世触目伤心、愤激之余，发为奇文，非以投世俗之所好也，聊以鸣方寸之不平耳。

蔡陆仙先生第一回评曰：

　　叙武侠本旨如水清石出，历历可见。所谓探骊得珠，已白占足身份，况描写官吏之嚚顽、社会之黑暗、胥吏之残酷，无不细心若发，洞若观火，笔墨酣畅，尤有单刀直入之妙。

1930 年（民国十九年　庚午）五十二岁

2 月，作《龙套心语》，共三册，书末标社会小说。以龙公名义发表。由上海竞智图书馆出版。此书先是在《时报》连载，现上海图书馆存有《时报》版剪贴本和竞智图书版本两种。书前有龙公自序、答邮人书（代序），又有马二先生序。序曰：

> 《龙套心语》著者署名"龙公"，不知其何许人也。全书二十四回。著者自云"记载南方掌故，网罗江左佚文"。语虽自负，正复非虚。

篇末曰：

> 著者必为文章识见绝人之士，而沉沦于末寮者，故能巨细靡遗，滔滔不尽，若数家珍。虽曰诙谐以出之，而言外余音，固含有无限感慨，殆所谓伤心人别有怀抱者耶？

1984 年，文化艺术出版社在"中国史料丛书"中再版推出此书，更名为"江左十年目睹记"，并认为本书的作者是姚鹓雏，首页为柳亚子题序，1954 年 7 月 20 日写于首都。（是年 6 月 25 日姚鹓雏先生卒。）又增加了出版说明和常任侠序，并将其置于马二先生原序之前，同时亦保留了龙公自序。书后附吴次藩、杨纪璋增补的《龙套心语·人名证略》。《龙》书首页及封底皆为云间龙在空中飞舞，与陆士谔之《商界现形记》同。其书之目录"一士谔谔有闻必录"，作者自己充当书中之人物，亦与其小说风格一致。故据本人考证，此书作者应为陆士谔。①

3 月，陆清洁编辑、陆士谔校订的《万病险方大全》由上海国医学社印行，国医学社出版，中央书店发行。次年 7 月再版。夏绍庭序曰：

> 青浦陆士谔先生邃于医学，莅沪行道有年，囊尝闻其声欬。审知为医学士，平生撰述甚富。著有《医学南针》一书，精确明晰，足为后学津梁。今其哲嗣清洁英台秉性聪慧，为后起秀。既承家学之渊源，又竭毕生之心力，广摭博采，罗致历年经验良方汇成一书。

民国十有九年暮春之初夏绍庭序于九芝山馆

陆清洁自序：

> 智者千虑，必有一失。愚者千虑，必有一得。故名医之处方，有时而穷，村妪之单方，适当则效，非偶然矣。谚称"单方一味，气死名医"。夫单方非能气死名医也，必单方神效，如鼓应桴始足当之无愧。本书各方，苦心搜访，南及闽粤，北至燕晋，风雨晦明，十易寒暑。而异僧奇士，秘而不宣人之方药，必有百计以求之。一方之得，必先自试用，试而有验，珍同拱璧。有历数月不得一方，有一日间连获数方。积之既久，乃编为十有三种。包罗有

---

① 可参见田若虹《陆士谔小说考论》第六章第二节：《〈江左十年目睹记〉著者考》。

系，或谓余篇有仲景之验、千金之富、外台之博，则余岂敢。余编是篇，聊供乡僻之处，医士寥落、药铺未计所需耳。初无意问世也，平君襟亚热情殷殷，坚请付印，盛情难却，始从其议。然自审所编，挂一漏万，在所不免，知我罪我，唯在博雅君子。

中华民国十九年三月陆清洁序于沪寓

4月15—30日，《小闲话》中以王孟英医书为题，论及当时医林之风尚：

> 海宁王孟英，为清咸同间名医。近世医者多宗医说，喜以凉药撰方，或谓近日医家之弊，孟英创之也，欲振兴古学，非废孟英书不可。余颇不然之。孟英当日大声疾呼，立说著书，无非为救弊补偏之计。源当时医者不认病症，不究病源，唯以温补药为立方不二法门，故孟英不得已而有作也。试观孟英医案，救逆之法为多，亦可见当时医林风尚之一斑。

1924—1936年，先生在《新闻夜报》副刊《国医周刊》上主笔介绍医药知识，亦公开为病家咨询。

6月，先生《家庭医术》再版。

是年，先生在如皋医学报五周汇选撰《中西医评议》，就中西医之汇通问题与余云岫展开论辩，双方交锋数月。先生认为："中西医学说，大判天渊。中医主张六气，西医倡言微菌；一持经验为武器，一仗科学为壁垒，旗帜鲜明，各不首屈。"然而两

227

相比较，则"形式上比较，西医为优；治疗上比较，中医为优。器械中比较，西医为胜；药效上比较，中医为胜。为迎合世界潮流，应用西医；为配合国人体质，应用中医"。

是年，《金刚钻》报登载《内科陆士谔诊例》一个月。

1931 年（民国二十年　辛未）五十三岁

是年，清廉考入江苏省苏州中学高中部。"九一八"时，他积极参加请愿团宣传抗日，并与同学胡绳一起创办了社会科学研究会，宣传马列主义。

先生仍在上海行医，又任华龙小学校董。先生女婿张远斋任校长，女儿敏吟和清婉皆任教员。先生之剑侠小说约写于1916—1931 年间，大多由时还书局出版。其历史小说以历史事件为基础，而根据稗官野史、民间传闻加以敷衍虚构而成，故曰："书中事迹大半皆有根据，向壁虚造，自信绝无仅有。"当时他曾摘诸家笔记中剑侠百人，别录成册，以备异时兴至，推演成书。后老友郑君彝梅见之，劝之付梓，先生辞不获，因草其摘取之。其剑侠小说为《英雄得路》、《顾珏》、《红侠》、《黑侠》、《白侠》、《七剑八侠》、《七剑三奇》、《雍正游侠传》、《剑侠》、《新剑侠》、《今古义侠奇观》、《小剑侠》、《江湖剑侠》、《古今百侠英雄传》、《新三国义侠》、《新梁山英雄传》、《八剑十六侠》、《剑声花影》、《飞行剑侠》、《八大剑仙》（又名《八大剑侠传》）、《三剑客》、《血滴子》、《北派剑侠全书》、《南派剑侠全书》二十四种。此外有评点《双雏记》和《明宫十六朝演义》两种。

11 月，先生在《金刚钻》报撰《说部杗谈》曰：

他人作小说，而我为之评注，非易事也。下笔之初，必先研究作者之布局如何、用意如何，首尾如何呼应，前后如何贯穿，何为伏笔，何为补笔，何为明笔，何为暗笔，探微索隐，真知灼见，而后其评注乃不悖于本义。圣叹评《水浒》《西厢》，虽未都尽餍人意，要其心思之缜密，笔锋之犀利，能发人所未发，则似亦不可没也。仆才不逮圣叹万一，更乌评注当代名小说家之杰作，而平江向恺然先生，即别署不肖生者，著《近代侠义英雄传》说部，乃由老友济群以函来嘱余为评，辞意颖颖，弗能却也。谬以己意为之评注，漏疏忽略无当大雅，固于《侦探世界》之辑余赘墨中，言之数矣。

是年，借《侦探世界》半月刊，在其杂文《说部杖谈》中提及：

他人作小说，而我为之评注，非易事……固于《侦探世界》之辑余赘墨中，言之数矣。

是年，《金刚钻》报登载《内科陆士谔诊例》一个月。

1932 年（民国二十一年　壬申）五十四岁

5 月，其医书《丸散膏丹自制法》再版。

是年，《金刚钻》报登载《内科陆士谔诊例》一个月。

1933 年（民国二十二年　癸酉）五十五岁

元月，作杂文《说小说》曰："近年小说之辈出，提及姓名妇孺皆知者，意有十余人之多。革新以来，各界均叹才难，只小说界人才独盛，此其中一个极大之原因在……"指出了小说之所以不同于诗赋等文学体裁之五种原因。

是月，作散文《雪夜》。作者在风雪之夜，斗室寂居，颇有感慨：

> 斗室之中，有一寂然之我也。由既往以识将来，百阅百年，此间更不知成何景象。是否变为崇楼杰阁、灯红酒绿之场，荒烟衰草、鬼泣鸦鸣之地，虽尚未能预测，而此日此时此地，未必恰有此风雪，可以决定，即使百年后之此日此时此地，未必恰有此风雪，无论如何，此斗室总已不复存在，此斗室中之我总已不复存在，可断言也。夫然则我之为我，原属甚暂，夫我之为我，即属甚暂，则此甚暂之我，对此甚暂之时光，何等宝贵。①

是月，作散文《快之问题》，慨叹时光之流逝曰："吾诚惧者，老死而犹未闻道，未免始终有失此时光耳。"

是月，在"民众医学常识"栏目谈医说药。从 2 月至 8 月连载。

2 月，另作小品文《白话教本》《新文学》二种。

是月，作散文《春意》曰："春风嘘佛，春气融和，春色碧色，春水绿波，春花之开如笑，春鸟之鸣似歌，凡此种种，风

---

① 《金刚钻》报 1933 年 1 月 2 日。

也，气也，草也，水也，花也，鸟也，皆可名之曰春意……"①

是月，《金刚钻》报"全年订户之利益"栏目（二）推介《金刚钻小说集》一册曰：

> 小说集中所刊字文，俱夏夏独造之作。短篇数十种各有精彩，长篇三种尤为名贵。长篇一，程瞻庐之《说海蠡测》、海上漱石生之《退醒庐著书谈》……短篇，漱六山房《西征笔记》、陆士谔《猫之自序》……

3月，在"医紧商榷""春病之危机"栏目连载医文。

4月，作《温病之治法》《我之读书一得》《洄溪书质疑》等医学小品文。其曰："辨药唯求实用，读书唯在求知，知之为知之，不知为不知，如武进、邹闰庵之疏证，斯为得矣。"②

是月，"月刊启事"栏目编者曰："某人略谙医药，便自诩神仙。陆君擅歧黄术，将医药常识尽量贡献，神仙之道，完全拆穿；养生之道，十得八九。是医生应该多读读，可以祛病延年；不是医生也可以增进学识。"③

5月，作《清郎中门槛》《医海观潮》《钟馗嫁妹》等小品文。

9月，谈"人参之功用""脚湿气方"，在"医经节要""答言"栏目谈医说药。

是月，作小品文《马桶》《四库全书》《僵先生（二）》等。

是月，编辑《青浦医史》。

---

① 《金刚钻》报1933年2月14日。
② 《洄溪书质疑》，《金刚钻》报1933年4月15日。
③ 《诊余随笔》，《金刚钻》报1933年4月24日。

是月，迁移到公共租界中央区汕头路82号。

10月，先生续汪仲贤的小品文《僵先生》第一集，载于《金刚钻月刊》。全书共三集：其一《僵先生》汪仲贤著；其二《僵先生打开僵局》陆士谔续；其三《僵先生一僵再僵》汪仲贤著。

11月，先生连载在《金刚钻》报上的短篇小说《寒魔自述记》与《环游人身记》结集重版于《金刚钻报月刊》。

是月，作笔记体小品文《鉴古》。

是年，《绣像清史演义》五版。撰医书《奇虐》等。

是年，《金刚钻》报登载《内科陆士谔诊例》一个月。

1934 年（民国二十三年　甲戌）五十六岁

是年，作《国医新话》，并继续在公共租界英法租界出诊。

公共租界：中央区西至卡德路、同孚路，东至黄浦滩，北至苏州路，南至洋泾浜。

法租界：西至白尔部路、横林山路、方浜桥路，南至民国路，北至洋泾浜，东至黄浦滩。在"陆士谔论医"栏目中提及《国医新话》及其所著有关医书：

丞曰:士翁先生通鉴，久仰鸿名，恨未瞻韩，晚滥竽商途，公余，常求医学。然以才短理奥，毫无所得。数年前得大著《医学南针》，指示之深如获至宝。余力诵读，只得一知半解，先贤入门之作，均无此中明显，初学宝筏真为稀有。三、四两集屡询津中世界书局分局，出书无期，去岁秋得公著《国医新话》及《医话》，理论精微，断诊明确，并指示种种法门，开医药之问答，能于百忙之中行此人所难能者。仁心济世，景慕益殷，夫邪说乱政，自古已然，海通以还，西术东来，尤甚于古。当此国人遭医劫之秋、后学失南针之日，吾公雄才大辩，融会今古，绍先圣之正脉，开启后进；障邪说之狂流，挽救生民，天心仁爱，降大衍公也……而敬读尊著，几无一日可离，然除得见者外，如《钻》报之发行所《医经节要》《邹注伤寒论》《新注汤头歌诀》《寒窗医话》未知何家代印发行，统希赐示，俾得购读，使自学得明真理。

民国二十六年五月十九日

是年至次年，由陆清洁编辑、陆士谔校订的《医药顾问大全》（共十六册），由上海世界书局陆续印行。

此书有八篇他序（夏序、丁序、戴序、贺序、蔡序、汪序、杨序、俞序）和一篇作者自序。

俞序曰：

陆君清洁，性谨厚，工厚文。其尊翁士谔先生，为青浦珠街阁名医，精岐黄术。为人治病，常切中病情十全八九，又擅长文学。所著《医学南针》，传诵医林，实天土灵胎第一人也。清洁幼承庭训，学有渊源，而于医学造诣尤深。处方论病，广博精湛，深得其尊翁医学之精髓。

是年，组织中医友声社，在电台轮值演讲中医常识，先生主

233

讲"医学顾问大全"。

3月，在"谈谈医经""小言"栏目谈医说药。

10月，谈中医研究院问题曰：

　　缘眼前医界，有伪学者，有真学者。所谓伪学者，乃是说嘴郎中，全无根底，摇笔弄墨，居然千言立就，反复盘问则瞠目不能答一语，此等人何能与之群？此一难也。真学者中又有内经派、伤寒派之分……①

是年，先生于《杏林医学月报》发表《国医与西医之评议》，此文针对当时中医改良思潮而发。

是年，先生发表《国医之历史》《释郎中》两种医书。

是年，《金刚钻》报登载《内科陆士谔诊例》一个月。

1935年（民国二十四年　乙亥）五十七岁

《金刚钻月刊》记曰：

　　青浦陆士谔先生，来沪已有十载，凡伤寒、温热、妇科各症，经先生治愈者，不知凡几。且素抱宏志，开拓吾学，治愈之各种奇症。自撰医话，刊布《钻》报，方案原原本本，足供《医学南针》。唯手撰医书十种在世界书局出版者，均系十年前旧作。近来因忙于酬应，反无暇著书，未竟之稿，未能继续，徒劳读者责问耳。先生常寓公共租界中央区汕头路82号，门牌、电话九

---

① 《金刚钻》报1934年10月9日。

234

一八一一。①

该期还刊登了先生《著作界之今昔观》。此文揭露和抨击了古今那种喜出风头，贯于剽窃成文、据为己有，或以本人名微，辄托前代名人"学者"之不正文风。

元月，先生的《七剑八侠》续编十三版，由上海时还书局出版发行。正、续编二册，定价二元六角，续编共二十回。

4月，先生的《八大剑侠传》亦由上海时还书局出版发行。第二十一版篇末曰："是书草创之始，原拟撰稿二十回，不意撰述至此，文义已完。增书一字，便成蛇足。陡然终止，阅者谅之。"

1936 年（民国二十五年　丙子）五十八岁

1—10 月，先生在《金刚钻》报连载《按王孟英医案》。

2月 26—27 日，先生在《金刚钻》报"医林"栏目发表《论藏结》上、下篇。

4月 28—30 日，陆清源在《金刚钻》报发表《伤寒结胸与痞之研究》一至三篇。

7月，作《士谔医话》曰："自撰医话，刊布《钻》报，方案原原本本，足供《医学南针》。"由世界书局发行。在 1924—1936 年间，先生常在《金刚钻》报的"诊余随笔"及"管见录"上撰文。《金刚钻》报编辑济公（施济群）曰："陆士谔先生在本报撰'诊余随笔'颇得读者欢迎，后因诊务日忙而轰，近先生

---

① 《金刚钻月刊》第二卷第一集。

235

复以'管见录'见贻，发挥心得，足为后学津梁。"①

7月8—15日，先生在"医药问答"栏目解疑答难。

7月19—20日，作《黑热病中医亦有治法吗》，发表于《金刚钻》报。

8月20—21日，作医学论文《微菌》上、下篇，发表于《金刚钻》报。

8月31日—9月1日，先生在《金刚钻》报发表《论学术之出发点》上、下篇。

10月，《清史演义》第四部《女皇秘史》重版。

《清史演义·题词》丹徒左酉山曰："金匮前朝尚未修，鸿篇海内已传流。编年一隼温公体，杂说原非野乘俦。笔挟霜天柱下握，版同地编枕中收。吾家曾作《春秋》传，愿附先生文选楼。"

10月1—6日，先生长子陆清洁发表《驳章太炎先生伤寒论讲词》1—7篇。

10月2—7日，在《金刚钻》报"医林"栏目发表《江西热疫之讨论》1—6篇。

1936年11月13日—1937年1月19日，作杂文《南窗随笔》一、二、三、四集。

11月15日，在《金刚钻》报"医林"栏目发表《经验》上、下篇。

12月1—2日，作杂文《南窗随笔》上、下篇。

12月13日，先生之子陆清源在《金刚钻》报登载启事：

清源秉承庭训研读伤寒，一得之愚，未敢自信，刊

---

① 《金刚钻》报1925年5月18日。

诸"医林"，广求磋切。正在学务之年，未届开诊之日，辱荷厚爱，有愧知音。自当奋勉研攻，以期不负知我，图报之日，请俟他年。现在，尊处贵恙，期驾临汕头路82号诊室就治可也。

12月17日，在《金刚钻》报发表《中西医之辨证法（一）》。

1936年12月—1937年1月27日，陆清源在《金刚钻》报连载《伤寒小柴胡汤之研究》。

12月20—23日，在《金刚钻》报发表《再论辨证》谈中医问题。

1937年（民国二十六年　丁丑）五十九岁

1月11—12日，在《金刚钻》报发表论文《落叶下胎辨》上、下集。

1月13日，在《金刚钻》报"医林"栏目发表医学论文《中医之学术》道："做了三十年来中医，看过百数十种医书，觉得中医的短处，就在理论的话头太多。虽然中医书也有不少罗列证据的，拿它归纳比较，终觉理论占据到十分之六七，证据只有十分之三四，断断争辩，公说公有理，婆说婆有理……究其实在，有何用处？"

1月15—16日，在《金刚钻》报发表医学论文《研读叶氏温热篇》上、下集。

1月18日，在《金刚钻》报发表中医理论文章《辨证》。

1月19日，在《金刚钻》报发表短文《邹氏书之销数》。

1月—3月24日，先生在《金刚钻》报连载《叶香严温热病篇》。

1月23—24日，先生作杂文《中医要自力更生》曰：

> 要知道自己的长，先要知道自己的短。中医的短处就好似古代传流的理论，叫作医者意也，讲的都是空话。说长道短，口若悬河，嘴唇两爿皮，遇到病症，便如云中捉月、雾里看花地胡猜乱道，一个病都用医者意也的法子诊治。……中医的长处，也就是古代传流的辨证法，叫作症者证也……

1月26—28日，先生作杂文《医者意也之谬》在《金刚钻》报连载。

2—3月，陆清源在《金刚钻》报连载《伤寒阐疑》。

3月，由陆清洁编辑、陆士谔校订的《大众万病顾问》，于是年三月初版。民国三十五年（1946）十一月新三版，编者自云："是书也，四易其稿，历三寒暑。约二十万言，以疗治虽不言尽美，然比较完备，可断言也。……民国二十四年（1935）六月，青浦陆清洁序于杭州板桥路医庐。"

戴达夫为其序曰：

> 陆君守先，青邑人也。为明文定公嫡裔。博通经籍，妙用刀圭。二十四番风遍栽杏树，八千里余纸抄录奇书。女子亦识韩康，士夫群推秦缓。哲嗣清洁，毓灵毓秀，肯构肯堂，飘飘乎横海之鱼龙，乎缑山之鸾鹤。况能志勤学道，训熏经畲，勉受青囊。精言白石，待膳待寝之暇，博极群书。闻诗礼之余，耽窥奥衍。餐花梦

里，贮锦胸中。摇虎毫而成文，不愧云间才调。喜龟蒙之继德，依然郁石清风。爰著万病验方大全，而丐序于余……

岁次上章敦牂春莫馀干戴达夫序于上海医学会

汪寄严先生序：

清洁同志，英敏多才，国医先进陆士谔先生哲嗣也。幼承庭训，家学渊源，宜乎头角峥嵘，矫然特异。其编撰是书，都二百万言，阅十寒暑始成。浸馈功深，洵巨制也。伏而读之，内外兼备，妇幼不遗。其于病理之叙述推阐靡遗，而于诊断治疗，则多发人所未发。骎骎乎摩仲圣之垒，驾诸家而上之。附方分解，以明方药效能，绝非掇拾者所可比。特开辟调养一门，俾病者于新愈时，知所避忌。其努力以发挥国医功效，谶微备至，是开医学之新纪元，尤足为本书生色。国医当此存亡绝续之交，得是书而振起之。同道可精作他山石，后进得奉为指南针，岂仅社会群众之顾问而已哉。

民国二十三年十月新安汪寄严寄于沪江医寓

4月1—31日，先生在公共租界（中央区西至卡德路、同孚路，东至黄浦滩，北至苏州路，南至洋泾浜）、法租界（西至白尔部路、横林山路、方浜桥路，南至民国路，北至洋泾浜，东至黄浦滩一带）出诊行医。时间：下午二时至六时。每日上午在上海英租界跑马厅，汕头路82号寓所看门诊，时间上午十时至下午二时。

《金刚钻》报继续登载《内科陆士谔诊例》一个月。

4月20日，在"医书疑问"栏目中，病友王道存君提出疑问数点，请陆先生解答。先生次子陆清洁先生一一代为解答。

4月22—23日，上海医界春秋社请杭州光圭君回答"疬节痛风"之疑问，沈君转请陆清洁君回答。

4月26日，湖南湘潭李佩吾君，为其夫人之病函曰：

先生出版《国医新话》《医学南针》，指明应读各种方书，佩吾皆一一购备……感将贱内病状敬为先生详陈之。

4月29—30日，作《叶香严外感温热病篇》，刊载于《金刚钻》报。

5月4—24日，《小金刚钻》继续报载《内科陆士谔诊例》。

5月19日，在"论医"栏目，天津景晨君曰："敬读尊著，几无一日可离。然除得见者外，如《金刚钻》报之发行所《医经节要》《新注伤寒论》《新注汤头歌诀》《寒窗医话》，未知何家代印发行，统希示，俾得读。"

5月21日，先生在《南窗随笔》中谈读书体会曰：

读古人书须要放出自己眼光，不可盲从，始能得益。倘心无主宰，听了公公说，就认为公有理；听了婆婆说，就认为婆有理，纵读破万卷书，绝无用处。如柯韵伯之为伤寒大家、吴鞠通之为温热大家，任何人不能否认，但柯韵伯心为太阳之说，吴鞠通温邪处在于太阴

240

经之说，不可盲从也。

5月25日，在"论病"栏目答李佩吾君第二次求医信。

5月28—29日，继续在"论医"栏目中答医解难。

5月30日，在"论医"中提到："南针三、四集，现方在撰述中。"

是月，先生主编《李士材医宗必读》，由上海世界书局出版。

6月1日，先生在《小金刚钻·南窗随笔》撰文，为捍卫祖国医学不遗余力。

6月3—30日，继续在《金刚钻》报登载《内科陆士谔诊例》。

6月8日，在"南窗随笔"中先生阐明中西医之所长曰：

中医重的是形，形易见而神难知，此世俗所以称西医为实在欤。

7月2—30日，在《金刚钻》报继续刊登《内科陆士谔诊例》。

7月16日，先生三子清源在《金刚钻·国医三话》自序中曰：

清源待诊以来，亲承庭训，研读古书，每遇一方，必究其组织之法。为开为合，疗治之道，为正为反。趋时者则笑源为守旧。源亦知假借他人门阀，足以增光蓬荜……所以守草庐，不愿阆阅，奉久命编辑《国医三话》毕，因述其意为述。

7月20—22日，先生在《金刚钻报·论病》中答李佩吾君第三次来函。

7月25日，先生在《中医教育之我见》中谈中医教育曰：

> 中医之学术，重实验，不重理论；中医之教育，现代都有两途：一是各别教育，一是集团教育。中医学校是集团教育，师徒授受是个别教育。个别教育重在实验，集团教育重在理论。

7月26日，续曰："据余之经验，中医之教育，以个别为适，集团为不适，敢贡献于主持中医教育者。"

8月1日，陆清源在《金刚钻》报上写《国医三话》后序。

8月3日，先生在"论病"栏目中答程君、宝君致函求医。

8月9—13日，陆清源以《桂枝人参汤》为题谈医说药。

1938年（民国二十七年　戊寅）六十岁

秋，刘三病故。陆灵素整理刘三遗稿编成《黄叶楼诗稿尺牍》多卷，交给柳亚子校正刊印，不料太平洋战争爆发，文稿遗失于战火。灵素在痛惜之余，又以惊人毅力收集残稿，刊印出油印本分赠亲友。

是年，撰《内经伤寒》。

1938—1943年，先生悉心行医，整理医学著作。以其医术精湛，医德高尚，而被誉为上海十大名医之一。

1939年（民国二十八年　己卯）六十一岁

1—10月，先生次子清廉任中共晋城县委书记。发动群众减租、减息，组织反扫荡，完成扩军任务。

1940 年（民国二十九年　庚辰）六十二岁

3 月，清廉下太行山开展平原游击战争。至冀鲁豫区留在党委机关工作，后又担任地委宣传部长、清风县委书记、地委书记、区党委副秘书长等职。1949 年，随刘邓大军南下，8 月任西南服务团第一支队队长……1955 年 8 月，在中央高级党校学习，结业后任冶金工业部华东矿山管理局局长。1958 年 8 月 20 日，在北京开会返宁途中，因飞机失事不幸遇难，时年四十五岁。后经江苏省人民委员会追认为革命烈士。①

1941 年（民国三十年　辛巳）六十三岁

是年，《金刚钻》报主编施济群编辑《医药年刊》，在其中"中医改进论"栏目中有先生两篇医学论文：《病名宜浅显说》《陆氏谈医》。后者包括：《病家最忌性急》《说病与认证》《中医之药方》《中医之用药》《膜原之病》《脑膜炎》《小白菜戒白面瘾》《鼠疫治法之贡献》《睡眠病之研究》《黑死病之探讨》。在《医药年刊》之"国医名录"中记载：

陆士谔：内科，跑马厅汕头路 82 号，（电话）九一八一一。

陆清洁：内科，吕班路蒲柏坊 35 号，（电话）八六一四二（杭州迁沪）。

---

① 参见《青浦县志·人物》第三十四篇。

1943 年（民国三十二年　癸未）六十五岁

是年冬，先生中风。

1944 年（民国三十三年　甲申）六十六岁

3月，先生因中风卒于汕头路82号寓所。据传先生中风当日，全家人正共进晚餐，忽闻汕头路82号（先生诊所）起火，并见其西厢房上空红光闪烁，原来并非起火，而是一颗陨石坠落。先生亦于是时中风。其长子清洁为其致"哀启"，所叙述的都是关于医药方面之事，于历年来所撰小说只字不提。《金刚钻》报副总编辑朱大可先生为陆士谔写挽词赞曰：

> 堂堂是翁，吾乡之雄。气吞湖海，节劲柏松。稗史风人，医经济世。抵掌高谈，便便腹笥。仆也不敏，忝在忘年。式瞻造像，曷禁泫然。

先生在中医学上的卓越贡献和在通俗小说创作方面的建树不可磨灭，树立了发愤图强的样板，并以"稗史风人，医经济世"为后人所崇敬。

图书在版编目(CIP)数据

剑声花影／陆士谔著. — 北京：中国文史出版社，
2019.3

（民国武侠小说典藏文库·陆士谔卷）

ISBN 978 - 7 - 5205 - 0874 - 2

Ⅰ.①剑… Ⅱ.①陆… Ⅲ.①侠义小说 - 中国 - 现代
Ⅳ.①I246.5

中国版本图书馆 CIP 数据核字（2018）第 270355 号

点　　校：袁　元　清寒树
责任编辑：薛媛媛

出版发行：**中国文史出版社**

社　　址：北京市海淀区西八里庄 69 号院　邮编：100142
电　　话：010 - 81136606　81136602　81136603　81136605（发行部）
传　　真：010 - 81136655
印　　装：廊坊市海涛印刷有限公司
经　　销：全国新华书店
开　　本：720 × 1020　1/16
印　　张：16.25　　字数：171 千字
版　　次：2019 年 3 月第 1 版
印　　次：2019 年 3 月第 1 次印刷
定　　价：58.80 元